メディアワークス文庫

犯人は僕だけが知っている

1章

クラスメイトが消えた。

例年より早く梅雨が明けた六月最終日、矢萩町《やはぎちょう》立高校の二年A組の女子生徒が突如失踪した。彼女は学校から家に帰った後すぐに外出し、そのまま行方が知れないという。無断外泊をするような生徒ではなかった。しかし一夜明けても帰宅せず、学校にも来なかった。一週間経過しても事態は変わらなかった。

ここまでなら珍しいことではない。

矢萩町立高校は普通の高校だ。中部地方の山間にある学校で、偏差値は54。かつては町立第一高校、町立第二高校とあったが、少子化の波を受けて二十年前に統合された。活動が盛んだったという吹奏楽部も、近年は県大会敗退に留《とど》まっている。

どこにでもある高校の女子生徒が家出をした。ただそれだけの話。

失踪した女子生徒——久米井那由他《くめいなゆた》はもともと教室で浮いた存在だった。

目元を覆う前髪に、常にマスクをつけ、顔の大半が隠されている。口数は少なく、休み時間は教室の隅で一人ノートに何か書きつけている。そもそも消えそうな雰囲気を彼女は纏《まと》っていた。

そんな彼女の性質もあって、一人消えた段階では大した騒ぎにもならなかった。

だが失踪したのは、彼女だけに留まらなかった。

七月八日、九日と続けて、二年A組の生徒が更に消えた。

二人目の失踪者は、渡利《わたり》幸也《ゆきや》。

やや抜けたところがある、教室のムードメーカーだった。背は高いが気は弱い。バスケ部に所属する男子だ。彼は七月八日、親に「学校に行ってくる」と告げて家を出たまま学校には登校せず、そのまま行方不明となった。

三人目の失踪者は、田貫《たぬき》凜《りん》。

学校では常に居眠りをしていて「眠り狸《たぬき》」という仇名《あだな》でクラスメイトに親しまれていた女子だ。教師に叱られても、またすぐに眠る態度は、あまりに大胆だった。彼女は七月九日の下校後、家には帰らないまま消えた。

教室でも存在感があった生徒が失踪すると、事態はいよいよ話題性を帯びてくる。

《矢萩町立高校連続失踪事件》

誰かがそう呼び始めた。

七月十三日、矢萩町立高校は失踪者の話題で持ちきりだった。

特に白熱していたのは、渦中の二年A組の教室。

昼休みや放課後になると、生徒たちは情報交換に励む。目撃談や噂《うわさ》、SNS上の書き込みなどから、事件の謎を推測していく。「彼らはどこに消えたのか」「なぜ消えたのか」「四人目の失踪者は出るのか」その疑問の裏には、次に事件に巻き込まれるのは自分かもしれない、という恐れが見え隠れしていた。

教室の中心にいたのは、古林《ふるばやし》奏太《そうた》だった。

ユーモアがあり、行事のまとめ役でもあるクラスのリーダー的存在だ。髪は短く刈り上げられて、額を晒《さら》している。広い額は可愛《かわい》げがあって、男女問わず好感度が高い。

二人目の失踪者の渡利幸也同様、古林はバスケ部だった。事件の真相追求には並々ならぬ熱意が感じられた。

「危ない事態かもな。今日他のクラスの奴から聞いた話だとさ、田貫や渡利のスマホは家にあったんだって。本当の失踪だ」

放課後の教室で十人前後の生徒が興味深そうに頷《うなず》いている。取り巻きの高橋《たかはし》という男子が「どういうこと？」と呟《つぶや》き、隣の柴岡《しばおか》という女子が「スマホを持っていたら、警察がGPSで追えるじゃん」と煩わしそうに解説する。

運動部に所属する高橋と柴岡は鞄《かばん》を抱えていた。すぐにでも部活に行きたいようだ。だが深刻な声音の古林に遠慮があるらしい。

——揺るぎない確信を抱いていた世界は、混沌《こんとん》とした世界へ変わっていった。

早々に下校した者を除き、教室の半数以上の生徒が古林の言葉に聞き入っている。三人目の失踪者である田貫の友人だった溝井《みぞい》と船越《ふなこし》は不安そうに眉をひそめて、囁《ささや》き合《あ》う。将棋部の田端《たばた》はスマホゲームをしながら、時折古林へ視線を飛ばす。普段は騒がしくSNSのトレンドの話ばかりをしている佐伯《さえき》と三島《みしま》の女子二人も窓際にもたれて事件に関心を示している。教卓のそばでは葉本《はもと》という男子がへらへらとした顔で話に相槌《あいづち》を打っている。

——不安定な世界で、人々は自分の立ち位置を再確認する。

そして、そんなクラスメイトたちの混乱を感じながら、堀口博樹《ほりぐちひろき》——つまり僕は静かに本を読んでいた。

愛読している社会学の専門書だった。一九九〇年代後半のアメリカ社会の記述なのに、目の前の情景が重なった。少し読み進めては顔を上げ、目の前の光景と照らし合わせる。

日常の確かさを失った教室で、自分の立場を確かめ合うクラスメイトたち。

――自らの不安を和らげるために、他者と境界線を引いていく。

その通りだ。教室には見えない線が生まれていた。

失踪した久米井はなんか不気味だったと揶揄《やゆ》する高橋と、窘《たしな》めつつも半笑いで同調している柴岡。ひたすら心配という言葉を繰り返す溝井と、自分たちは巻き込まれなくてよかったと安堵《あんど》する船越。サスペンスドラマでも見るように適当な推理を展開する佐伯と、それに噴き出している三島。

僕は知っている。

彼らが行っているのは、失踪者の行方の議論ではない。

――「自分たちはアイツらと違う」という確認作業。

失踪者たちと自分たち、トラブルに巻き込まれている生徒と普段通り登校している自分たち、周囲に心配をかけている問題児と心配する側の自分たち。

その線引きを確かめ合っているに過ぎなかった。

教室に満ちていたのは思わぬゴシップへの愉悦。

もちろん、失踪者の行方を本気で気にかけている生徒はいる。古林奏太はそうだろう。しかし彼以外の生徒が失踪者を語る時、その口元は僅かに緩んでいた。

なぜそんなに楽しそうなんだろう？

そう感じずにはいられなかった。

これ以上教室に残っても不毛だ。

さっさと帰ろうと席を立った時、引きずった椅子が床と擦《こす》れ、耳障りな音を鳴らす。思いの外大きいボリュームで、一瞬クラスメイトたちの視線がこちらに向く。その無遠慮さに構うことなく、リュックを背負い、教室から出て行った。

「堀口って何か知らないのかな」

閉めた扉の向こうから、古林奏太の声が聞こえた。

彼の言葉は真剣だったが、他の生徒は面白がるように反応する。

「いや、ぜってぇ知らねぇだろ」「全く人と関わらないタイプじゃん？」「わたし一度も話したことないかも」

笑い混じりの声が続いた。

僕はリュックを肩にかけ直し、昇降口の方へ足を向けた。

教室から出た後は、いつも城を目指す。

本当は城ではなく廃城、いや、より正確には廃城でさえない。僕が暮らす町にそんな立派な建物はない。

矢萩町は衰退の一途を辿《たど》っている集落だった。

人口は一万人以下で、それも年々減少している。山奥にある、秘境マニアにしか知られていない滝が唯一の観光名所で、それ以外に自慢できるものはない。土地の大半は山に囲まれ、僅かな平地は田畑で埋め尽くされている。農業従事者の高齢化の波を受け、十年前に町長が機械導入による効率化を推進したが、斜面の多さにより断念した。町には莫大《ばくだい》な借金だけが残った。その失敗の遺産のように町のいたるところで無駄に大きな農業機械が雨ざらしで錆《さ》びついて放置されていた。

コンビニ二軒、スーパー一軒が町にある主な商店。駄菓子屋は昨年閉業し、一時期は一軒あったファストフード店もすぐに撤退した。

高速道路の出入り口がある以外に、さほど役割はない。

そんな矢萩町の唯一のシンボルと言えるのが城だった。

矢萩町立高校から西に自転車を十分漕《こ》ぐと、長い上り坂に突き当たり、その坂道を上っていくと、頂上にある高速道路の出入り口付近に見えてくる。

モデルは西洋の古城だろう。ディズニーランドのシンデレラ城を数段ランクダウンさせたような見た目か。灰色の石材でコーティングされた円柱の建物がそびえ立ち、その周囲に高さの違う四つの尖塔《せんとう》が並んでいる。

――〈ドリームキャッスル〉

昭和くさいネーミングだ。建てられたのは昭和だから当然だが。

三年前に廃業したラブホテル。

噂では管理者が解体費用を払わないまま夜逃げしたらしい。いまだ取り壊されていないのは、そのせいだ。坂の上に建つため矢萩町のどこからでも見え、ラブホテルを利用しない住人にも名は知れ渡っている。矢萩町立高校の生徒は、ここで初体験を済ませるのが伝統だったという品のない噂を耳にしたことがあった。

割れた窓ガラスなどが放置されているため、現在では立ち入り禁止の看板が建物の前に立っている。大きな駐車場は閑散としている。正面玄関には訪問者を拒絶する、固い南京錠《なんきんじょう》と鎖が取り付けられていた。

今では誰も立ち寄ることのない城。

そのせいで、裏口から入れることはあまり知られていない。もしかしたら誰も知らないかもしれない。

〈ドリームキャッスル〉の隣のマンションで暮らしている僕がたまたま見つけた入口だ。裏口の扉は一見引いても開かないが、鍵はかかっていない。老朽化のせいでドア枠が歪《ゆが》んでいるだけだ。左右に揺すると開く。コツを摑《つか》めば力も要らない。

一歩足を踏み入れると、埃《ほこり》と黴臭《かびくさ》さが鼻孔を刺激した。

裏口はラブホテルの受付と繋《つな》がっていて、パイプ椅子や事務キャビネットが放置されている。照明がなく暗いため正面玄関に回り込む。内装は残っており、ところどころシミのある赤絨毯《あかじゆうたん》が敷かれ、隅にある大きな西洋甲冑《かつちゆう》が玄関から差し込む夕日で鈍く輝いている。

不思議と七月の暑さは感じられなかった。

外気より気温が低い。ひんやりと感じられる。自転車を漕いで熱を帯びた身体《からだ》に心地よかった。

西洋甲冑の台座に腰を下ろすと、いつものようにノートを広げ、シャーペンを走らせた。描くのは、大きな羽とドリルのように捻《ねじ》れた嘴《くちばし》を持つ怪鳥。架空の魔物。

無心に手を動かし、心を落ち着かせる。

クラスメイトたちの歪んだ口元を見た時、身体の底から黒々とした感情が沸き起こった。「失踪だ」「事件だ」と楽しそうに騒ぐ彼ら。一言で言えば不愉快だった。

昔告げられた言葉をふいに思い出す。

――『所詮クソ田舎に過ぎねぇからな』

七年前に出会った少年は、年に似合わない皮肉めいた口調でそう言った。

――『田んぼかスマホ見つめて、一日を過ごすしかねぇ町なんだよ。おもしれぇニュースに飢えてんの。それが他人の不幸でもな』

「そうだよ」

シャーペンを動かしながら、独りごちた。

「この町は終わっているんだ」

比喩ではなかった。矢萩町は終わる。

戦後間もなくは養蚕業が盛んだったが、巨大な紡績工場が作られると、たちまち衰退した。平成になると、人件費の安い海外に移転するという理由で、その工場もまた閉鎖された。税収が落ち、財政問題を抱えた矢萩村は合併を繰り返し、矢萩町と名乗るがすぐに限界を迎えた。今年の六月、五年後に萩中市《はぎなかし》に吸収合併されることが決まった。

――五年後に消える町。

それが僕たちを取り巻く世界だ。

唯一の娯楽施設だったラブホテルさえ閉業した町。

大きく息をつき、シャーペンを床に置く。

ノートには、おどろおどろしい怪鳥が描かれ、嘲るような瞳をこちらに向けている。デザインが完成する。気づけば胸に抱えた苛立《いらだ》ちは消えていた。深い息を吐きながらノートを閉じる。

空想上の魔物が一体出来上がった。

僕が作るゲーム『朽ちた王国と絶望勇者』の敵モンスターだった。

・・・

僕にとってゲーム制作は趣味ではない。治療だった。

平日であろうと最低五時間以上は費やしていた。授業中もグラフィックデザインを練っているし、帰宅後はプログラミングに取り組んでいる。まるで禁断症状でも起きているように、毎日行わないと気が済まない。

――僕にはバグがあった。

スマホのアプリが稀《まれ》に起動しなくなるように、僕は不具合を孕《はら》んでいる。

取り巻く世界全部が恐ろしい。

七年前に起きた事件を契機に、僕は身の回りの全てを解釈し直す必要に迫られた。悪意とは、敵意とは、そして殺意とは何なのか。当時小学生だった僕なりに頑張って社会学の本を読《よ》み漁《あさ》り、そしてジョック・ヤングの『排除型社会』に行き着いた。簡単に説明すれば「不安定な社会で生きる人々が、他者を排除していくようになる過程」が描かれた本だ。

その記述は僕の心象と酷《ひど》く合致した。

本格的に世界が恐ろしくなったのは、その時からだろう。世界には敵意が溢《あふ》れているという事実に、身体の奥底から震える。

以来、しばしば行動不能に陥る時がある。

例えば、図書館で過ごしている最中に耳障りな罵声が聞こえてきた時、動悸《どうき》が突如激しくなる。怯《おび》える。頭が沸騰するように熱くなり、身体から力が抜けていく。

全く動けなくなる時間は短くて二分、長くて一時間とバラつきがある。一度陥れば、じっと目を瞑《つぶ》って感情の荒波が静まるまで待つしかない。

精神科医からは適応障害と診断され、いくつかの薬を処方されたが改善は見られなかった。小学生の時が一番酷く、二日に一度以上の頻度で倒れ、周囲から白い目で見られた。

自身に合う治療法を見つけられたのは、中学校に上がってからだ。

――認知行動療法。

自身の感情を客観視し、認知の歪みやメンタル不調の改善を図る手法だ。自身を見つめ直す方法は様々らしい。カウンセラーと対話する、ノートに感情を書く、小説にして吐き出してみる、喜怒哀楽をパーセントで整理してみる。とにかく自己の感情を吐き出すことで、自己と向き合うのだ。

自分の場合はゲーム制作だった。

中学二年の時、情報教育の授業で簡単なＰＣゲームを制作した際、心がふと軽くなるのを感じた。それ以来独学でプログラミングを勉強し、自宅のパソコンで簡単なゲームを作ってみると、身体の芯の部分が洗われたような心地がした。

一年以上かけて一作の長編ゲームを完成させた時、これだ、と思えた。

――取り巻く恐ろしい世界をゲームとして解釈する。

――世界に怯える自分をゲームの主人公に見立てて、行動させる。

ゲーム内では僕の恐怖心を映し出した魔物が蠢《うごめ》いていた。けれど、恐れる必要はない。魔物の弱点は分かっている。打ち倒す方法は用意した。

自作を初めて一作通してプレイした時、さめざめと涙を流していた。

ようやく闇から抜け出せる一歩が踏み出せたと思えた。

高校に進学後は、ゲーム制作に余暇時間を全て捧《ささ》げた。

一人暮らしなので誰に何を言われるでもない。カップラーメンと野菜ジュースで食事を済ませてしまえば、後は全ての時間を注ぎ込《こ》める。学校の勉強は必要最低限。プログラミングだけでなく、グラフィックも自ら手掛ける。納得できる作品に近づくほど、恐怖心が和らいでいく。

ジャンルはRPGだった。日本製RPGの王道、勇者が魔王を倒しに行く冒険。もう三作品目になるがジャンルは変わらない。

マンションの窓からは〈ドリームキャッスル〉が見えた。

塗装が剝げ落ち、割れた窓ガラスは放置され、壊す費用さえ捻出されずに捨て置かれた古城は、創作にインスピレーションを与えてくれた。

古城が見える部屋で、勇者を動かし続けた。

僕はそうやって自分の不具合と向き合っている。いまだ世界は恐いけれど。

・・・

〈ドリームキャッスル〉から出たところで、スマホにメッセージが届いた。

自転車を停《と》めた場所まで移動しながら返信をする。

《どう？　ゲームの進捗は？》

《問題ないよ》

《本当か？　けっこうペースが落ちていたけど》

《先週までスランプだっただけ。脱却した》

《重畳。またキリのいいところまでできたら送ってくれ。良《い》い広告作っとくから》

《了解。いつもどうも》

《おう。お前は失踪するなよ？　頼むから》

《なに？　連続失踪事件のこと？》

《そ》

《しない。する予定もない》

《ちなみに、お前は連続失踪事件についてどう思う？》

《なぜ僕に聞く？》

《聞いているのはお前だけじゃないよ。誰にでも聞いている》

《あまり好きじゃないな。そういうの》
《で、どうなん？》
《狂ったコンパス、存在論的不安》
《例の愛読書か》
《僕たちは常に不安なんだ。だから、いつ消えてもおかしくない》
《とりあえず何も知らないんだな？》
《当然だろう》
《とにかくゲーム制作、頼んだ》
《了解》

・・・

スマホをポケットにねじ込んで、マンションへ向かって自転車を押す。

横から夕日が照りつける。七月の太陽は暴力的で無遠慮だ。皮膚を焼かれるような暑さに顔をしかめる。

あぁそうか、と思い出した。あと十日で夏休みなのか。

きっと、変わらない日々を繰り返す。

坂道を下って学校に向かい、授業中はグラフィックデザインを練り続ける。休み時間は級友と会話をせずに過ごし、非社交的な学校生活を送る。最早《もはや》それが虚《むな》しいとも感じない。もちろん連続失踪事件などに関わるはずもない。大変だな、と同情的に受け止めはするだろう。しかし、手がかりがない以上、失踪者のためにできることはない。その現状を淡々と受け入れ、放課後は深夜まで自室でプログラミングを打ち込み、疲れ果ててベッドで朝まで眠る。

それが高校二年生七月の僕の状況。

田舎に暮らす普通の高校生のような平凡な日常だった。

――本来ならば、そんな日々を送っているはずだった。

やがてマンションに辿り着いた。

〈ドリームキャッスル〉の裏手にある、十階建ての建物。ここ一帯では群を抜いて大きいが、築年数は古く、駅やスーパーから遠いので半数以上が空き室だった。代わりに家賃が安い。専門学生や高齢者が主な入居者。

錆《さび》だらけの駐輪場に自転車を停め、エレベーターに乗り込んだ。鈍い音が鳴り、ゆっくりと上昇していく。籠った黴臭さに耐えられず息を止める。

九階の角部屋。それが僕の部屋だ。

1LDKにはカップラーメンと野菜ジュースの段ボール箱が積まれ、パソコンのハードディスクの動作音が微かに響いている。部屋に入れば湿気と熱気を孕んだ空気が顔を撫《な》でる。いつもなら。

「ただいま」

扉を開きながら呟く。

「おかえり」

エアコンの冷気と三人分の返事が届いた。

冷房が効いた部屋には三人の高校生が寛《くつろ》いでいた。

玄関正面にあるリビングでは、久米井那由他がテーブルの前に座って小さく手を振っていた。居室の奥には渡利幸也が床に座り、押し入れからは田貫凜が顔を覗《のぞ》かせている。

僕だけが知っている。

三人の失踪者――二年A組でそう呼ばれている生徒は僕の部屋にいる。

2章

暗闇の部屋で僕がキーボードを叩《たた》く音が響いている。

絶え間なく指は動き続ける。まるで自分の意志ではないみたいだ、と他人事《ひとごと》のように思う。液晶画面の白さに吸い寄せられるように、ノートパソコンをじっと見つめる。文書作成ソフトの画面には、次々と文字が生まれては消えてゆく。

――世界の魔物に立ち向かう方法は何か。

『逃げる』『許す』『媚《こ》びる』『批難する』『和解する』『消える』『殺す』

パソコンにセットしていたアラームが午前零時を告げた時、大きく息をつき、椅子の背もたれに身体を預けた。

カーテンが開けっ放しの窓からは〈ドリームキャッスル〉が見える。すぐ脇を通っている高速道路の照明で、古城は淡い橙《だいだい》に染まる。

文書を保存しようと思ったところで、ファイル名が必要だと気が付いた。

少し迷う。

人差し指だけで『secret1』と打って、ファイルを閉じた。

・・・

帰宅した瞬間、なぜか二ヶ月前の記憶が蘇《よみがえ》った。

「山」という文字を見て、自然と対になる「海」を連想するように、あまりに対照的なものを脳がイメージしたのかもしれない。

本来享受できていたはずの日々と、目の前の光景の差に頭が眩《くら》みそうになる。

――1LDKの空間では、三人のクラスメイトが思い思いに過ごしていた。

帰宅した僕を見て、リビングテーブルの前に座る久米井が手を挙げる。

「教室はお変わりない？」

「お変わりない」僕は短く答えた。「ただ、やっぱり騒動が大きくなっているね。クラスで根も葉もない噂が飛び交っているよ」

報告をすると、彼らから、おー、と気が抜けた返事が戻ってくる。

　僕はリュックをテーブルに置くと、冷蔵庫から麦茶を取り出し、グラスに注いだ。ワイシャツのボタンを外し、エアコンの冷気で身体を冷やす。一日中部屋で寛いでいた彼らと違って、僕は猛暑の中自転車を押してきた。なかなか汗が引かない。

　一度グラスを飲み干し、もう一杯グラスに注いだ。

「なんだか寂しいな」久米井が呟いた。

「何が？」

「だって私が失踪した時は、それほど騒ぎにならなかったでしょ？　やっぱり渡利と田貫がいなくなったら、皆、焦るか」

「久米井は教室で目立たないしね」

「堀口がそれ言う？」

「キミよりはマシ」

　久米井が「どっちも変わんないでしょ」と口元を緩めた。居室の方から渡利と田貫の笑い声が聞こえてくる。冗談を言ったつもりはなかったが。

　不思議な心地だった。

　――失踪者三人は僕の部屋にいる。

　その事実を公表したら、クラスの人間はどんな顔をするのか？

僕は改めて目の前の光景を眺めた。

1LDK、バストイレ別、押し入れ、ベランダ付き、築三十年。リビング八畳、居室八畳。一人暮らしにはゆとりがあるが、四人で生活するには手狭だ。リビングと居室は引き戸で仕切られ、全開にすれば大きな一部屋になる。

久米井那由他はリビングテーブルで書き物をしている。前髪を目元まで伸ばし、部屋の中でもマスクをつけて顔の大半を隠したまま、手元のタブレット端末と向き合っている。作曲をしているようだ。一通りの自習を済ませた後、彼女は一日中、音符を書き連ねていたはずだ。

渡利幸也は居室の床に腰を下ろし、ノートパソコンを睨《にら》んでいた。眉が太く面長の、優しそうな顔立ちの男子だ。長い脚を折りたたんで、床に直接置いたパソコンを弄《いじ》っている。僕が作ったゲームをプレイしてくれているようだ。目が合うと「今、いいとこ。すげぇ面白い」と親指を立てた。

田貫凜は押し入れの中で横になっていた。

彼女はどこぞのネコ型ロボットのように押し入れで寝起きしている。狭い空間で小さな身体と大きな瞳を細かく動かす様は、どことなく冬眠中の動物を連想させた。天然パーマの頭を覗かせて、「本日もお勤めご苦労様」と声をかけてきた。枕元には、英語の教科書が置かれている。

渦中の失踪者三名——世間から見れば異常事態だろうが、彼らの正体は「居候」という言葉が近い。久米井は十三日目、渡利は五日目、田貫は四日目だ。

「今日のご飯は？」

とりあえず尋ねる。家事は三人の役割だった。

「ないよ」久米井が即答する。「冷蔵庫の中身は全部、めでたくお昼ご飯のお好み焼きになりました」

「大根も？」

「大根も」

「ナスも？　鰆《さわら》の西京焼きも？　アボカドも？　キノコのオイル漬けも？」

「一枚残したけど食べる？」

「……いい」

顔を手で覆いたくなった。

食料の買い出しだけは、僕の仕事だった。行方不明扱いされている彼らは昼間堂々と出歩けない。しかし猛暑の中、坂下のスーパーまで行き、買い物袋を抱えて、また坂を上るのはかなり億劫《おっくう》だった。

「堀口、頼んだよ」渡利が手を振ってきた。「帰ってきたら、またゲームの感想を詳しく伝えさせてね」

「あぁうん。ありがとう」

悪びれることなく言われると、怒るタイミングを逃してしまう。

ワイシャツのボタンを留め直し、冷蔵庫に吊《つ》るされたエコバッグを手に取った。財布を摑み、ポケットの中に押し込む。

「堀口君」

今度は田貫に声をかけられる。

彼女は押し入れの中から、めいっぱい顔を出していた。押し入れの縁を両手で摑み、必死にバランスを取っている。

なに、と僕が尋ねると、田貫は冷蔵庫を指さした。

「お好み焼き、本当に美味《おい》しかったから後で食べてね」

「本気でいらない」

田貫は不服そうな声をあげて、再び押し入れの中へ引っ込んだ。

・・・

実のところ、僕はこの奇妙な生活をさほど悪くないと感じていた。

居住空間が侵されている事実も、行方不明者という問題児を三人も抱えている状況も、彼らが冷蔵庫の中身を無計画に食い漁っていることも、闇お好み焼きと呼べる代物を食べさせようとしてくることも、全て受け入れていた。

これまでの僕には考えられないことだった。

再び七月の暑さに身体を晒す憂鬱を忘れるために、彼らとの出会いを振り返る。

・・・

全ての始まりは、六月最終日――例年より早い梅雨明けが発表された日。

当時、僕はスランプに陥っていた。

ゲーム制作に多大な遅れが出ていた。一つの手詰まりが、二つの手詰まりを生んでいく。敵モンスターのグラフィックに満足できず、後回しにして先にプログラミングに専念すれば、いくつも進行不能の不具合が起きた。修正に焦れば更なるバグが発生して、今度はゲームの起動さえままならなくなる。

僕にとってゲーム制作は治療だ。進まなければ、心の不調をきたす。

部屋に少しずつ溜《た》まり続ける埃のように、鬱屈した感情が心に募り続ける。進捗が良ければ気持ちは晴れ、身体が軽くなる。逆に捗《はかど》らないと気が暗くなり、時に、荒ぶる感情を制御できず行動不能となる。

要は最悪の状況だった。

スランプの原因は理解していた。

――システムが複雑すぎる。

内容は勇者が魔王を倒すという王道ＲＰＧだが、僕のそれには大きな特徴がある。

主人公の選択肢がとにかく多い。

強大な魔物と対面した際、主人公である勇者が選択できる手段が多い。定番の『攻撃する』『アイテム』以外にも多くのコマンドを用意した。

『助けを呼ぶ』『耐える』『媚びる』『怒鳴り散らす』『盗む』『策を弄する』『甘える』『説得する』『容赦なく殺す』

小さな少年が、強大な魔物に立ち向かう選択肢を捜す、そんなゲームなのだ。

当然、複雑になってしまう。敵モンスター一体一体に各コマンドの成功率や成功時と失敗時の反応を定めねばならない。もちろん勇者のレベルにも影響される。それらを逐一設定し、プログラミングに落とし込む。打ち込んだコードは複雑に絡み合い、何がどこに作用しているのかも分からなくなり、次第に僕が把握できる容量を超えていく。

これまで作った二作品より選択肢が増え、いよいよ手が回らなくなっていた。一度ペースが落ちれば、精神的な不調をきたしてしまう。頭が次第にのぼせてきて、自分が何をしているのか分からなくなる。やばいと思ってベッドに向かった直後、身体の力が抜け、気を失うように倒れ込む。

《最近報告がねぇんだけど？　進捗、大丈夫？》

スマホには一日一度はメッセージが届く。

僕は二文字だけを打ち込んだ。

《むり》

《マジかよ》

これまでに完成した二作品はネット販売したところ割と売れていた。世界各国のインディーズゲームクリエイターが自作ゲームを配信するサイトだ。治療のために作ったゲームではあるが、予想以上に売れて、一人暮らしの貴重な収入源となった。SNSのフォロワーは五万を超え、幸い海外のマニアからの評価が高い。

届いているメッセージは、その販売・宣伝を担ってくれた人物からだ。

これ以上やり取りする気にもなれず、スマホを放り投げて、そのまま眠りにつく。

朝になれば登校しなければならないことが残酷だ。

久米井那由他と初めて会話を交わしたのは、そんな日々の最中だった。

もともと僕たちに接点はなかった。初めて共通項に気づいたのは六月三十日、放課後に進路指導室を訪れた時だ。

全国的に高校生の求人は七月一日に告示され、高校三年生の就活が始まる。僕たち高校二年生の就職希望者は、それより前に進路指導室で昨年の求人票の中から興味のある業種を選び、担任へ提出するという課題があった。

進路指導室の扉を開いた時、そこには男子生徒がいた。

古林奏太だった。

教室の人気者は一人で求人票のファイルを捲《めく》っている。僕の姿を見ると親しげに、おうと手を挙げた。

驚いた。彼は進学予定だと周囲に話していた記憶があった。

進路指導室には革張りのソファが置かれている。古林の正面に腰をかけた。

彼の手元には、何冊かファイルが積まれている。

勝手に見ていいのだろうか、と進路指導の担当教員を捜すが不在だった。部屋の奥にある相談室の扉は閉め切られている。教員はそこで生徒と面談をしているようだ。

「かなりキツイよなー、オレらの学校」

古林はパラパラと求人票を捲っている。

「矢萩町に限れば絶望的。最低、萩中市の方までいかねぇと話にならん。先輩もみんな『やべぇ』って言ってるよ」

「まぁ、そうだな」話しかけられたので返答する。古林はクラスの誰にも気さくに声をかける。対して僕は今日初めての会話だった。

僕もまた求人票に目を通した。

もともと期待はしていなかったが、三十代で腰を壊すと言われたり、いわゆるブラックとか揶揄されたりする業界ばかり。最低賃金と変わらない求人が当然のように並んでいる。古林の『絶望的』という表現は実に的確だった。

それもそうかと納得していた。稼いでいる企業がたくさんあるのなら、矢萩町は税収で潤っているだろう。財政赤字で合併などしない。

「堀口は進学しねぇの？」

「多分ね」

進学費用を工面できる家庭環境ではなかった。

古林は「じゃあ就職か」と手にしているファイルを指で弾《はじ》いた。「だとしたら名古屋か東京まで出ちまった方がいいかもなぁ。あーでも、同じこと考える連中が山ほどいて、結局取り合いなのか？　どうなんだろ」

あくまで深刻になりすぎないトーンで彼は語り続ける。

気のせいかもしれないが、彼の声には深い鈍色《にびいろ》のような濁りが感じられる。

「あぁ、そうだ。堀口と言えば――」

その違和感について尋ねるタイミングを窺《うかが》っていると、古林は鞄から一枚の紙を取り出してきた。

「――合唱コン、何曜日なら練習に参加できる？　アンケート書いてくれよ。書いてないのは、お前だけなんだ」

僕はそのルーズリーフを見つめた。

合唱コンとは、七月中旬に開催される学校行事だ。クラス対抗で、夏休み前に開催されて、やる気のある生徒は放課後に集まって練習する。運動部の生徒は部活動を終えた直後に合流し、くたくたに疲れた顔で参加する。

古林が取っているのは、練習日を決定するためのアンケートだった。

すかさずボールペンで月から金まで×印を書き込む。迷いはなかった。放課後はゲーム制作に専念したかった。

「ん、協力ありがと」

古林は小さく礼を言った後、苦笑を浮かべた。

「けど全日不参加か。清々《すがすが》しいけど酷いな。参加の意志なしか」

「うん、悪いけど忙しいんだ」

「いいよ。でも、そうだな。一つだけ交換条件いいか？」

古林は面白がるような視線を向け、身を乗り出してきた。

「いい練習場所を知らないか？　大声で歌ってもよくて、学校から近いところ」

合唱コンは、練習場所も各クラスで確保しなければならなかった。学校周辺の公民館などは取り合いになる。古林はまだ確保できていないらしい。

知らないと拒絶したかったが、交換条件と言われては答えるしかない。葛藤はかなりあるが。

「ドリームキャッスル」

「冗談だろ？」

「本気。裏口の扉を左右に揺すれば、入れるんだ」

最初冗談を聞くように笑っていた古林が、途端に真剣な表情になる。

「マジか……でも、さすがに練習場所にはできないな。不法侵入じゃないか」

「そうだね。まぁ、そうしてくれると助かるよ」

集中したい時に訪れるので、荒らされても困る。

その時、相談室の扉が開いた。

不服そうな表情の進路指導教師の後に続いたのは、知った顔だった。

二年A組で、僕の隣で授業中眠り続けている女子生徒。田貫凜。

彼女は僕たちと目が合うと、天然パーマの髪を揺らしながら頭を下げ、哀《かな》しげな溜め息を漏らし、そのまま進路指導室から出て行った。泣きそうな顔をしていた。

「寝すぎて呼び出されたらしい」

古林が小声で耳打ちしてきた。

そして大きく伸びをして、手にしていたファイルを机に置いた。

「疲れたし、オレもそろそろ行こうかな。情報提供ありがとな」

古林はソファに置かれた鞄を掴むと、僕からアンケート用紙を攫《さら》っていく。

その際、一つの回答が目に留まった。僕以外にも全日不参加の人間がいたのだ。

――久米井那由他。

他者を拒絶するように刻まれた、五つの×印。

確かに彼女が合唱コンの練習に参加する姿は想像できなかった。なにせ前髪とマスクで顔を隠し、ロクに話さない生徒だ。声を聞いた記憶さえない。

その一時間後に見る景色など全く予想ができないまま、そう呑気《のんき》に考えていた。


結局希望したい職種は見つけられず、ほぼランダムに近い方法で選んだ求人票を書き写して、進路室から出て行った。

世界に怯えて部屋に籠ってばかりの自分が働く姿が想像できなかった。接客業ができるほどのコミュニケーション能力はなく、工場労働や建設業を行えるほどの忍耐力もない。唯一の興味はゲーム制作だが、それだけで一生食べていける自信はない。

消化しきれない感情を抱いてマンションまで自転車を漕いだ。

頭上は分厚い雲で覆われていた。梅雨明けというニュースは今朝あったが、すぐには晴天にならなかったようだ。降り出す前にマンションに着き、エレベーターで九階まで到達する。

どこからか歌声が聞こえてきた。

軽やかに伸び、透き通るような歌声が流れてくる。

どこかで聞いたことがある曲だった。

僕は深く考えずに自宅の鍵を取り出した。

このマンションで歌声を聞くのは初めてのことだ。住人以外の誰かが歌っているのだろう。何の曲だったかと考えつつ、廊下の端にある９０６号室の前に立つ。

耳を澄ませる。歌声は真上から聞こえてくる。

息を呑《の》んだ。

このマンションの噂を思い出す。広い間取りながら格安。その理由は駅から遠い立地や築三十年の古さ、ラブホテルが目の前にある環境だけではない。

自殺の名所なのだ。

高層の建物がほとんど存在しない矢萩町は、飛び降り自殺さえままならない。五階以上の建物は大抵セキュリティが高いビルであったし、警備員が常駐している。

電車に轢《ひ》かれるより、丘の上に建つマンションの屋上から飛び降りたいという気持ちは共感できた。

逡巡《しゅんじゅん》した時間は僅か。先に足が動いていた。勘違いなら笑い話で済む。

全力で階段を駆けた。最上階の十階に辿り着いても、歌声は上から聞こえてくる。

やはり屋上で誰かが歌っている。

廊下端にある梯子《はしご》に腕を伸ばし、上っていく。

初めて見る屋上は貯水タンクの他に何もなかった。灰色のコンクリートの床が広がっていて、曇天との境目が曖昧に感じられる。

そこに制服姿の少女が立っていた。屋上の中央で両手を広げて歌っていた。

「久米井さん？」

特徴的な長い前髪で判断する。

屋上で歌っていた少女はクラスメイトだった。

彼女もすぐ僕に気づいたようだった。歌を止め、顎に引っ掛けていたマスクをさっと上げ、振り向いた。

目が合って数秒、互いに何も喋《しゃべ》らなかった。

風に吹かれ、久米井の長い髪が広がっていく様を僕は眺め続けていた。

「……誰？」先に発したのは久米井だった。

彼女の声を初めて聞いた。

「同じクラスの堀口だけど」

「あぁそう」

「住んでいるんだ、ここに。それで歌声が聞こえてきて、気になって……」

久米井に歩み寄った。

彼女はバツが悪そうに顔を伏せた。

「ごめん……うるさかったよね。私の歌」

「そんなことはないと思うけど。いや、問題はそうじゃなくて」

久米井は話題を逸《そ》らしたがっているのだろうか。

しかし問題から目を離す訳にはいかなかった。心臓の鼓動が速くなった。息を吸った後、拳を握りしめて尋ねた。

「ここで何をする気だった？」

久米井は口を閉ざした。マスクのせいで表情が読めない。

「もしかして」僕の声は微《かす》かに震えた。「飛び降りる気だった？」

久米井は首を横に振る。

「そんなんじゃないよ」

本当なのか、と念を押せなかった。

「……ならよかったけど」

彼女の身体が小さく見えた。これ以上質問をぶつければ壊れてしまいそうに。

なぜか、あの夏を思い出す。

七年前、干からびていく四肢を眺め、呆然《ぼうぜん》としていた夕暮れを。久米井の生気のない声が、あの細い腕を思い起こさせたのかもしれない。

嫌な記憶がフラッシュバックし、呼吸を止める。

発作みたいなものだ。この感情の荒波が静まるまで、じっと堪《こら》えるしかない。

突然僕が黙り込んだことで、久米井はもう話は終わったと思ったらしい。

「じゃあね」彼女は歩き出した。「ここで見たこと、忘れてね」

耳にぎりぎり届くくらいの小さな声。

泣いているのだろうか。

僕は激しくなる動悸を堪えながら、横を通り過ぎていく久米井を見送った。

彼女は逃げるように足早に屋上の縁まで向かい、梯子を下りるため反転する。その瞬間顔が見えた気もするが、前髪のせいで表情は分からなかった。

——これでよかったのか。

深呼吸をして、心を落ち着かせる。

久米井が何かしらの問題を抱えているのは明らかだ。

しかし僕に解決できるとは思えない。ゲームしか作れない自分に何ができる？

そう自分を納得させたところで、忘れ物らしきものに気が付いた。近づくと白い封筒が置かれ、その上に石の重しがされている。

封筒の白さから目が離せなかった。

夏の夕日に映えて輝く白は死を連想させた。骨と死装束の色。

ゆっくりと近づき、そっと開いた。

——『世界から消えたい』

ルーズリーフに記されたその文字を読んだ時、弾かれたように駆け出していた。

梯子を下りながら思い出していたのは、彼女がアンケートに刻んだ×印。アレは予定があるという意味ではなく、もうこの世にいない、という示唆だったのではないか。

久米井はまだ十階の廊下でエレベーターを待っていた。駆け寄る僕を見て、たじろぐような素振りを見せる。

近づいて、彼女の赤く腫れた瞼《まぶた》に気が付いた。

「ゲームを作っているんだ……っ！」

乱れた呼吸で僕は言い放った。

「『戦う』とか『耐える』とか、コマンドがたくさんあるRPGだ。そういう選択肢を考えるのが習慣なんだよ。学校でもずっと想像しているし、一人暮らしだから家に帰ってもずっと制作にのめり込んでいる。性格の悪いゲームだよ。敵は多いし、主人公はすぐに死んで、僕自身『こんな世界バカじゃないの？』なんて笑う難易度で、嫌で辛《つら》くて苦しくて、それでもなんとかして、この不安定で恐ろしい世界で生き方を見つけていくゲームなんだ」

息を吸う暇さえなく言い切って、ようやく呼吸を整える。

「やってみない？　部屋はすぐそこなんだ」

久米井は啞然《あぜん》としたように目を見開き固まっていた。

後に聞かされる――この時の久米井は、僕の熱烈なプレゼンなど一ミリも聞いていなかった。早口のせいで半分以上は聞き取れなかったという。

彼女の気を引いたのは『一人暮らし』という情報のみだった。

「堀口君」久米井は呟いた。「お願い、今日だけ泊めてくれないかな?」

けれど――それで救われたんだ、と久米井は照れくさそうに明かしてくれた。
・・・
結局、久米井は三日間帰らなかった。

三日目の朝のホームルームで、担任の女性教師が哀しそうな顔で切り出した。

「久米井那由他さんが行方不明となっている。心当たりがある者は教えてほしい」

二年A組で生まれた、一人目の失踪者となった。

クラスメイトたちは興奮した面持ちで言葉を交わし始めた。

「誘拐だ」「失踪だ」と笑みを浮かべる者もいれば、「ただの家出でしょ」と切り捨てる者もいた。多くのクラスメイトは後者の立場だった。

担任教師は窘めることはせず、学期末テストの連絡事項を読み上げ始めた。

昼休み、クラス内のグループラインで学級委員の波多野《はたの》が《久米井さんについて些《さ》細《さい》な情報でも知っていれば、野口《のぐち》先生に伝えるように》と書き込んだ。反応する者はいなかった。やがて別の連絡事項を誰かが書き込み、波多野の文章は上に流れていった。

僕は行方不明の知らせに戸惑う生徒に徹し続けた。

騒がしい高橋と柴岡のコンビが僕の席付近で「事件だな」と鼻息荒く持論を展開し、通りかかった古林に「やかましい」と叱られている。彼の取り巻きが笑顔を見せる。隣の席では田貫が我関せずとばかりに眠り続けている。いつも通りの教室だ。

女子高生が一人消えてもこんなものらしい。

何も変わらないんだな、と悟る。

拍子抜けすると同時に、どこか寂しくもある。

――子どもが一人消えても、この世界は問題なく回る。

かつて知ったはずの痛みがまた胸の内で暴れ出す。それを発散させるには、また一体ゲームの魔物を作らねばならなかった。

その日の放課後は美化委員の活動日だった。

僕は割り当てられた区画の草を刈り、ゴミを拾う。

こんな雑用は貧乏くじに他ならないが、学期のどこかで最低一回は委員会に所属せねばならないため、嫌々引き受けた。

僕同様に美化委員を押しつけられたのは、渡利幸也という男子だった。

彼は嫌な顔一つ見せず、割り当てられた区画の駐車場で、花壇や石畳の隙間に落ちたゴミをトングで拾っていく。

月に一度隣り合わせで仕事に励むが、彼と会話を交わしたことはない。

人と仲良くなりたいと思ったことはない。

なのに僕が手を止めたのは、塀のそばで屈《かが》む彼の首に不審なものが見えたからだ。

彼は紙くずを握りしめている。それだけならどうでもいいが、首の裏辺りに赤黒い痣《あざ》が見えた。まるで誰かに首を上から押さえつけられたみたいに。

「どうしたの？　堀口」

視線に気づいたらしい渡利が声をかけてきた。

「いや、別に」

反射的に誤魔化してしまう。

「もしかして、これが気になった？」

そう言って、渡利が見せてきたのはしわくちゃになった一枚のビラだった。風で飛ばされて、高校の敷地《しきち》内に落ちたらしい。

「あぁうん。何を見ているのかなって」と僕は嘘《うそ》をつき、ビラを受け取る。

それはチューブからそのまま出した絵の具のような強烈な色で彩られていた。吹き出しや派手なフォントだらけで読みづらい。


『生活保護受給者の受給抑制』『市民による相互監視』『不正受給の通報推奨』『町政を圧迫する寄生虫共』『矢萩町を潰した奴らを許さない』


それ以上は読まず、ゴミ袋に放った。

同内容を駅前で叫んでいる集団を見かけたことがある。彼らいわく、矢萩町が消えるのは福祉に金を使い過ぎているからだという。いわゆる生活保護バッシングだ。

「このビラ、いくつか駐車場にあるんだけど」

渡利がトングで塀の際を示した。確かに同じようなビラが泥にまみれながら点在していた。濡《ぬ》れたせいでインクが滲《にじ》んだビラは、毒々しい花弁のようにも見える。

「学校周辺で撒《ま》いたのかな」僕は肩を竦《すく》めた。「なんか嫌だよね」

「分かる。なんか嫌だ」

こんなビラを配ることに労力をかける人物が近隣にいる事実がショックだった。手のひらが汗ばんだ。さっさと視界から消そう、とトングを機敏に動かしていく。

渡利もまた同様に手を動かしながら「久米井さんは」と呟いた。

息を呑んで視線を投げるが、彼は物憂げな表情で作業を続けている。ただの世間話のようだ。

「例えば、久米井さんはこのビラを見たのかな？」

「……なんでそう思うの？」

「見る人が見れば、消えたくなるかもしれない」

彼が口を噤《つぐ》んだ様子を見て、何か別の物を感じ取っていた。ただの世間話とは違う切実な感情が、表情に滲んでいた。

屋上で見た、消えてしまいそうな久米井の顔を思い出した。

「渡利は——消えたいと思う？」

「そうだね」渡利の回答は早かった。「できるものなら消えたい」

彼はまた一つビラをトングで摑むと、ゴミ袋の奥へ押し込んだ。

家に帰ると、エアコンの冷気が出迎えてくれる。

浴室の方から水の流れる音が聞こえてくる。久米井がシャワーを浴びているらしい。不思議な心地を抱きながら、リュックを置いた。

彼女は、今晩も泊まっていくらしい。

『一晩泊めて』と頼んだ後、久米井は一度帰宅し、宿泊道具を持って訪れてきた。すぐに帰るだろうと考えていたが、三日経《た》っても彼女は居座り続けている。最初から数日分の着替えを用意していたことは、後になって気が付いた。

一応の説明はなされていた。

『変質者が家周辺にいるから匿《かくま》ってほしい』

初日の夜、彼女はそう訴えた。悪質なストーカーから逃げるために、しばらく隔離された生活を送りたいという。その真偽は不明であるが、あまり踏み込んでほしくなさそうで、何も言えずにいる。

リビングテーブルに置かれたパソコンを確認する。

画面には、音楽の編集ソフトが立ち上げられていた。譜面が並んでいるが、僕には読めない。再生ボタンを押してみると、重厚な音楽が流れ始める。暗闇の洞窟を一歩一歩、反響する自分の足音を聞きながら、水に濡れる冷たい壁肌に手を当てて歩くような――そんな光景が目に浮かんだ。

彼女が僕の家に泊まった初日、制作途中のゲームをプレイさせてみた。彼女は一、二時間ほど夢中になって遊んでいたが、何度か顔をしかめ、最後には手を止めた。

『かなり面白いけど』言いにくそうに教えてくれた。『曲が酷い』

言葉に詰まった。

音楽のセンスは僕になかった。どの場面も、著作権フリーのＢＧＭを挿入している。既製品なので雰囲気に合っていないことは否めなかった。

『私が作ろうか？　ソフトが入ってるならできるかも』

冗談みたいな早さで、彼女は一時間足らずで簡単なＢＧＭを作曲してくれた。宿泊代として、ゲームに関わる楽曲は担ってくれるという。

後に販売することを考えると、クオリティは高いに越したことはない。学校に行かない間、彼女は楽曲を作ってくれる。時に胸を熱くし、時に不安にさせるＢＧＭは、僕の創作意欲を刺激した。

「……教室と全然イメージ違うよな」

独り言を零《こぼ》してしまう。

教室の片隅で一言も話さずに過ごす幽霊のような少女――それが久米井那由他の評価だったはずだが、いざ生活してみると、普通に話せる女子生徒だった。頼みはハッキリ伝えてくるし、こちらが何かしてあげればお礼を言う。

積極的に追い出す理由がなかった。

彼女が出席日数不足で進級できなくなろうと、僕が口出しする義理もない。食費と光熱費の負担は、ゲームの売り上げでカバーできる。

恐ろしいことに、僕は状況を快く受け入れてきた。

「あぁ、帰ってたんだ。おかえり」

扉が開かれ、タオルを首にかけた久米井が顔を出した。彼女から放たれる湿っぽい熱気と、冷房の風が混ざり合う。

家から持ってきたというTシャツと、学校ジャージという格好で、彼女は冷蔵庫から麦茶を取り出した。いつも顔を覆い隠している前髪をヘアバンドで上げていた。白いうなじと秀麗な目鼻が露《あら》わになっている。マスクもつけていない。

僕は視線を外せなかった。

「なに？」久米井が眉をひそめた。

「顔。髪とマスクがないと、そんな感じなんだ」

彼女は、あ、と小さく悲鳴をあげた。慌ててヘアバンドを外したが、やがて諦めたようにつけ直す。

「うん、こんな感じだけど」

「大分印象が違うな。美少女だったんだな」

久米井は露骨に眉をひそめた。「口説いてる？」

「そうじゃないよ」僕は小さく手を振った。「ただ率直に思っただけ。触れてほしくなかったら、ごめん」

普段顔を隠している理由にも関わっているのかもしれない。ストーカーの件もあるし、迂闊《うかつ》に指摘するべきではなかったと反省する。

「別に謝ることじゃないけど」

久米井は麦茶をグラスに注ぐと、そのままリビングテーブルの横に立った。椅子は一つしかないので、僕が座っていると彼女は使えない。

しばし気まずい空気が流れた。

久米井が抱える問題にどれほど踏み込んでいいのか、分からなかった。かれこれ三日間過ごしているが、僕はいまだに彼女のことを何も知らない。

もちろん聞けば教えてくれるだろう。「事情が分からない人間とこれ以上同居したくないから、理由を話せ」と。

しかし、それではまるで脅迫だ。暴力で聞き出しているのと変わらない。

突如上がり込んできたクラスメイトに対する正しい対応が分からなかった。

「ねぇ」久米井が切り出した。「もしかして私、迷惑かな？　やっぱり出て行った方がいい？」

沈黙する僕に何かを感じ取ったらしく、すまなそうに目を伏せる。

「出て行けるのか？」

久米井はすぐ答えなかった。唇を結んだまま、グラスを手の内で回し始める。

奇妙な罪悪感を抱いて「今すぐ出てけ、とは言わないけど」と付け足した。

実際、質の良いＢＧＭを作ってくれる久米井には感謝している。しかしそれを伝えたところで、この気まずさは解消されない気がした。この同居生活が普通ではないことは理解している。それを意識するたび緊張が生じた。

ただ、それでも久米井には残ってほしかった。

彼女が作るＢＧＭには強く惹《ひ》かれるものがある。多少のリスクを受け入れる覚悟を決めるほどに。

そして彼女が屋上で見せた、壊れそうな瞳が忘れられなかった。世界に怯える、七年前の自分を彷彿《ほうふつ》させる瞳。そういえば似たような瞳を見せた者は、クラスにも何人かいた。彼らも久米井のように苦悩を抱えているのだろうか。

「なぁ、もしキミがよければだけど提案がある」

頭にふとアイデアが浮かんだ。

「なに？」と尋ね返してくる久米井に告げる。

「――増やしていいか？　ここの住人」

良識があるとは言えないが、この時の僕にとっては自然な判断だった。

気になっていた人物はいた。

週明け月曜の昼休み、声をかけるタイミングを窺った。彼はチャイムと共に教室から離れると、なぜか一人、体育館の方へ向かった。後を追った僕は途中、行き交う生徒たちに阻まれ、その姿を見失いかける。

彼は体育館の脇のゴミ捨て場に立っていた。

渡利幸也だ。

背の高い身体を縮めるようにして腰を落とし、ゴミ袋を漁っている。

「どうしたの？」と僕は声をかけた。

渡利は驚いたように顔を上げた。

彼の足下にはゴミが散乱していた。ゴミ袋が開封されて、ペットボトルや紙くず、授業のプリントなどが地面に並べられている。

「いやちょっとね」渡利は恥ずかしそうに耳たぶを掻《か》いた。「これ、うちの部室から出たゴミ袋なんだ。分別が酷くてさぁ。で、ちょっと開けてみたら他のゴミ袋も気になりだしちゃって」

「そうなんだ」僕は淡々と答えた。「手伝おうか。どれをやればいい？」

「大丈夫だよ。一人でやるから」

彼の言葉を無視して、僕もその場にあったゴミ袋を開封した。確かに中身は酷かった。瓶や缶が紙くずと一緒くたに混ざっている。

渡利は几帳面《きちょうめん》に、ゴミを分別していた。学生向けのチラシやプリントを空の袋に押し込んでいく。ボロボロの財布や穴が空いた運動靴もまた違う袋へ。途中、大きな椅子の破片が出てくると苦笑して、プラスチック専用のゴミ箱に放り投げた。

芝居じみた動きを見ていられなかった。

「ねぇ、渡利。財布と靴まで分別する理由って何？　燃えるゴミだろ」

彼の手が止まった。

僕は有無を言わさず、彼の足下に置かれた財布を奪った。中に金は入っておらず、『渡利幸也』の学生証だけが見つかった。穴が空いた運動靴もよく見れば、バスケットシューズだ。

彼はゴミ捨て場から、自分の持ち物を捜していたらしい。

彼の首元の痣を思い出していた。

「――イジメられているのか？　バスケ部で」

渡利は答えに窮するように僕の顔を気まずそうに見て、押し黙った。大きな身体に似合わない、弱々しい瞳だ。

推測が間違っていなかったと理解する。

意外だった。誰に付けられた痣なのかは分からなかったが、まさかバスケ部員とは思ってもみなかった。

そこには絶対的な部長がいるはずだからだ。

「古林は知っているの？」

「……知らないよ」渡利が哀しげに呟いた。

「誰か相談できる相手はいないのか？　親や教師とか」

渡利は小さく首を横に振った。

僕は質問を続けた。

「脅されているのか？　首元の痣は、そういう意味？」

「……そう捉えてもらっていいよ」

彼が苦渋に満ちた顔で述べた『消えたい』という言葉が耳に蘇った。

用意していた言葉を告げた。

「ねぇ、渡利。もしキミが本当に消えたいのなら、手伝えるかもしれない」

困惑した面持ちになる渡利に、手短に説明した。

「正気？」と眉をひそめて確認する渡利に頷いた。どのみち居候が一人から二人に増えようと、大差はない。人数が増えれば同居人の久米井が引け目を感じることもなくなるだろう。

また僕の事情を差し引いても、苦しそうに『消えたい』と呟いた彼が心配だった。

「一日、考えさせてほしい」

彼は真剣にそう答えた。

「家族に心配かけるし、やるなら覚悟しないと」

その言葉に再び頷いてみせた。

彼は安堵したように表情を緩ませ「オレのこと、気にかけてくれてありがとな」と言った。

翌日、渡利は同居人となることを決めた。

声をかけておきたい人物はもう一人いた。

連絡網の電話番号から住所を割り出し、家に向かった。幸い僕の家からさほど離れていない。マンションの前の坂道を下ってすぐ。徒歩十五分という距離だろう。

二階建ての大きな庭のある日本家屋だった。軒先には学校指定のシールが貼られた黒色の自転車が停められている。もう家に帰ってしまったのか、と焦ったが、目的の人物はタイミングよく自転車に乗ってやってきた。

「堀口君、どうしたの？」

田貫凜は頓狂な声をあげて距離を詰めてきた。戸惑いが籠った視線を僕に向けている。

「詳しい事情を語りたいから、とりあえず中に入れないか？」

そう提案すると、途端に田貫の表情が曇った。バツが悪そうに頬が強張《こわば》る。不安そうに自分の家の方へちらりと視線を投げかけた。

その所作で、彼女が家庭に問題を抱えていることを察した。

近くの神社に移動し、境内のベンチに腰を下ろした。

簡単に状況を語った。話していいかは迷ったが、久米井那由他を僕の部屋で匿っていることもしっかり伝えた。多少手狭になるが、まだ暮らせる余裕があることも。

「ええと、そもそも」

田貫が呆然とした声で口にする。

「なんでわたしを誘うの？　特に接点とかないよね？」

「助けてほしそうに見えたから」

問いかけにハッキリと答えた。

進路指導の相談室から出てきた時の顔を覚えている。苦しそうに唇を噛《か》み締《し》め、落ち込んでいるように見えた。

田貫は唖然とするように口を開き、しばらく固まった。

「別に無理にとは言わない」

できるだけ穏やかな口調で続ける。

「ただ心配で声をかけているだけなんだ。昼間にずっと眠っているのは、何か家に事情があるんだろう? 大丈夫なのか?」

田貫は一学期の間、ほとんどの授業を寝て過ごしていた。教師に叱られる時、一瞬、泣きそうに顔を歪ませる現場を隣の席で何度か目撃している。

彼女は痛みを堪えるように、ぐっと両手を握った。額には珠《たま》のような汗が滲んでいる。時折天然パーマの髪を右手でわしゃわしゃとかき回し、何度も息を吐いている。

「ゆっくり考えればいいよ。待つから」

そこから田貫はかなりの時間をかけて考えた。一時間弱。いまだ高く昇る太陽が強い光を境内に降り注ぎ、玉砂利が輝いて見えた。座っているだけの僕の身体にも汗が滲み始める。

「…………正直ちょっと考えてみたいかも」

絞り出すような声で田貫は呟いた。

渡利と田貫は最低限の私物を抱え、僕の部屋に上がり込んできた。渡利は部屋にいた久米井を見て驚愕《きょうがく》した。その翌日の放課後にやってきた田貫は、渡利を見て固まった。渡利も固まっていた。やがて状況を察した二人はお互いに「よろしくお願いします」と頭を下げた。

かくして居候は三人に増えた。

彼らがいつまで居候するのかは、各自の判断に任せている。彼らの生活費は、ゲーム販売で得た貯金から切り崩せば事足りた。

料理は田貫が得意だった。初日の晩ご飯は、彼女が冷蔵庫にある食材で上手に振舞ってくれた。野菜とベーコンのケチャップリゾット。インスタント食品しか食べてこなかった僕と、チャーハンしか作れない久米井は、賞賛の声を送った。

リビングに椅子が足りないので、フローリングに直接座って、皿も床に置いた。そんな雑然とした環境が気にならないくらい、美味しい夕飯だった。

当然、教室は新たな失踪者にどよめいたが、僕は何食わぬ顔で学校生活を続ける。

――いい生活だった。

他に適切な言葉が浮かばない。

久米井は抜群にかっこいい楽曲を次々と作り上げてくれる。素顔はやはり見せたくないようで、渡利と田貫の前では気をつけて生活している。

また彼女は僕が読んでいる本に興味を持った。

パソコンの横には大抵『排除型社会』が置かれている。それを手に取り平然と「どんな本？ 要約して」と言ってきた。

僕は頭を抱えながら五百ページ以上の本を、頑張って語る羽目になった。

渡利はゲームを熱心にプレイしてくれた。僕が学校に行っている間、ずっと遊んでくれているらしい。制作途中のものだけでなく、過去作も遊んでくれた。

「すっごく面白かったよ」

毎度、彼は興奮した様子で伝えてくれる。

「何のお世辞もなく今までプレイしたゲームで一番良かった。てか、ゲームってこんな面白いんだな。今までじっくり遊んだこともなくて、すげー新鮮」

貴重なライトユーザーの意見は、実に参考になった。彼は感想を伝えてくれるだけでなく、忌憚《きたん》なく「こうした方がいいかもね」と改善案まで教えてくれる。

夜になると、彼は頻繁に外出した。やはり身体を動かさないと気が済まないようで、近くの公園でバスケの練習に励んでいるらしい。

何度か僕も練習に付き合わされ、ディフェンス役を担った。まるで歯が立たなかった。彼が放つスリーポイントシュートの軌道はとても美しく、彼がバスケ部に交じれないことが惜しくなるほどだった。

「ここら一帯では抜群に上手《うま》いんだよ？」とはにかみながら明かしてくれた。

田貫凛は意外な一面があった。

実を言えば、彼女のことが一番摑めなかった。失踪生活が始まっても「眠り狸」らしさを発揮していた。久米井いわく、僕が学校にいる間はずっと押し入れに閉じこもって眠っているらしい。昼夜逆転しているようだ。

「堀口君、何か悩んでいるの？」

そんな彼女が、ある夜、パソコンの前で唸《うな》る僕に声をかけてきた。

「英語ができない」パソコンの画面を見せた。「海外のファンからバグの報告があがったんだけどね。ギリギリ読めるんだけど、返信ができないんだよ。『もしセーブデータが残っているなら、送ってほしい』……IF構文だっけ？」

販売していることもあって海外のファンからメッセージが届くことは頻繁にあった。読むのは翻訳アプリを駆使すればなんとかなるが、書くには注意を払わねばならない。

一度滅茶苦茶《めちゃくちゃ》な英文を送り、相手を怒らせてしまったことがある。

頭を抱えていると、彼女はさっとキーボードを打ち込んだ。

「Could you send me save data, please?　これで十分伝わるよ」

唖然とする。とても綺麗《きれい》な発音で読み上げられた。

田貫はなんてことない態度で、今日の夕飯作りに取り掛かった。

料理は渡利と久米井も交代で作っているが、田貫の料理がもっとも美味《うま》かった。しっかりと煮込まれた料理は少し柔らかすぎたけれど。

三者三様、この失踪生活を満喫しているようだった。

僕もまた悪くないと感じていた。彼らと共にする晩ご飯。出来立ての料理を食べる。ただそれだけでも、一人でカップラーメンしか食べてこなかった僕には考えられない一時だった。

お互い興味関心がバラバラな三人との会話も楽しかった。渡利や久米井は芸能に詳しく、僕は時事ネタを好み、田貫はアニメや漫画について熱く語った。

僕が作るゲームについては全員が参加できる話題だった。

「そういえば堀口君のゲームって行き詰まっているの？　ここのところパソコンの前

でずっと頭を抱えているよね」

　主菜が肉じゃがだった夜、田貫が笑いながら尋ねてくる。

「絶不調」僕は即答する。「久米井の音楽のおかげで良くはなっているけどね。システムが微妙なんだ。コマンドを増やしているうちに混乱してくる」

「メリハリをつけたら？」久米井が提案する。「あれこれコマンドは覚えてもいいけど、一つくらい強いコマンドを作るとか」

　ストーリーやキャラクターの作り込みについてはよく盛り上がった。スランプだった僕は難航するゲーム作りを打開するためのヒントを捜していた。

「『逃げる』が好きだな」

　渡利が面白そうに提案する。

「オレたち三人、何かから逃げてきた訳だしな。それがハッピーエンドに繋がったら嬉《うれ》しいかもしれない」

　渡利の提案に、田貫と久米井が「それよさそう」と手を叩いた。

　いいかもな。率直に思った。ただ闇雲にコマンドを増やさずに強弱をつける。

　会話をする中で悩みが整理され、すっきりした頭でプログラミングに打ち込めた。

　僕が作業している間は、他の同居人も静かにしてくれる。家事を誰かがやってくれることで、集中して取り組めるようにもなった。

自然とスランプから脱却する。

渡利と田貫を家に誘ってから、一週間はあっという間に経過した。

・・・

これまでの経緯を思い出し、僕はスーパーで大量の食料を買い込み、再び906号室まで戻ってきた。彼らがいつまで失踪生活を続けるのかは聞いていない。が、しばらくは暮らせるよう、エコバッグに詰め込める分だけの食材は購入している。

扉を開ければ、先ほどとほぼ変わらない位置で、三人の居候が「おかえり」と声をかけてくれる。

僕は「スーパーに面白そうなものがあった」と買ってきたボードゲームを、渡利に投げ渡す。トランプみたいなサイズの千円もしない商品だったが、渡利と田貫は食いついてくれた。

ふと、これまでしたことのない遊びをしてみたくなった。

ここ最近、ゲーム制作は順調に進んでいた。心も正常に感じられる。少しくらい休んでもいいはずだ。

「サービス精神」リビングテーブルの前に座る久米井が呟いた。

視線を向けると「堀口って凄《すご》いよね」と彼女に苦笑された。

「本当に私たちを受け入れているもんね。普通ならできないよね」

「居候本人が言う？」

照れを隠すように軽くいなした。

もちろん騒動が大きくなっている事実を忘れた訳じゃない。そのうち警察も動くかもしれない。学校や保護者の反応は真剣みを帯びてきている。

「ねぇ、堀口っていつも何を考えているの？」久米井が尋ねてきた。

「何って……」

「知りたくなったかもしれない、堀口のこと」

久米井が頬杖《ほおづえ》をついて、じっと窺うような視線を向けていた。前髪の隙間から彼女の大きな瞳がよく見える。唖然として見つめ返しても、視線を外さない。だから、僕はその端整な目元を眺め続けることができた。

別に大したことは考えてないよ、と呟く。

「ただ、僕も一度だけあったんだ。過去に、学校に通えなかった時期が」

「不登校だったの？」

「……そうだね。近いかもしれない」

正確にはそうじゃない。失踪扱いされていた時期があった。七年前の夏、学校も児童相談所も僕を見つけ出すことができなかった。

「だから分かるんだよ。『世界から消えたい』っていう感覚が」

久米井は「へぇ」と呟いた。

「変わり者だもんね、堀口って」

「そんな雑にまとめないでほしいな。というか久米井には言われたくない」

僕が主張すると、久米井は「冗談だよ」とおかしそうに笑った。

「それより、あと十日で夏休みだね」

「いつまで居候する気だよ。別にいいけど」

「夏休みになれば、出席日数とか考えなくていいしね。解き放たれたって感じかな」

「進級のことも考えているんだ」

「この部屋って花火とか見えないの？」

「見えるよ。かなり綺麗にね。ラブホテル越しだけど」

「それはそれで粋だね」

「そうか？」

「今の生活の最中に見れば、どんなものでも粋に見えない？」

他愛ないやり取りを交わし笑い合う。

部屋の奥から田貫の声が聞こえてくる。

「ねぇ堀口君。この家、ハサミない？」

視線を向けると、ボードゲームの包装フィルムに苦戦している渡利の姿があった。

「その辺にない？　そこの筆箱から出して」

「代わりにナイフならあった」

「ナイフ？」

大きな声が出た。久米井も隣で同じリアクションをしている。

田貫の手には、革製のカバーとサバイバルナイフが握られていた。刃が二十センチ以上ある、かなり大きな代物だ。天井の照明に反射して光り輝く刃元を、田貫は眩《まぶ》しそうに見つめている。

「どこから出したの？」と尋ねると、田貫は押し入れの上部の枕棚を指さした。

「僕の物じゃないよ」僕は即答した。「誰が持ち込んだの？」

渡利と久米井は首を横に振った。

気味の悪い汗が背中を伝う。

「前住人の忘れ物？」と久米井に尋ねられ、僕は曖昧に肯定した。田貫は「とりあえず片付けるね」と呟き、ナイフをカバーにしまい枕棚に投げ入れる。「そういえば晩ご飯担当はオレだったな」と渡利が微妙な空気を変えるように台所へ向かう。

少なくとも、その日は何も起きなかった。

・・・

楽観が過ぎたと言えば、その通りなんだろう。

異常と自覚しながらも、受け入れてしまった非日常。所詮は高校生の家出だと考えていた。三人の高校生が一週間か二週間、消えるだけ。罪らしい罪も犯していない。バレても、生徒指導教員にこってり絞られて反省文を書く程度だろう。

だが、状況は変わり始める。

何が悪かったのかと言えば、無計画に人を集めたからかもしれない。

一人、二人、三人と消えた教室で、新たな失踪者が現れた。

七月十五日の夜にその人物は姿を消した。二年A組の教室では四人目の失踪者が出たことで一時騒然となる。そして彼は、七月十六日の昼に発見された。
四人目の失踪者――古林奏太は遺体で見つかった。

3章

古林奏太の写真が葬儀場のホール中央に飾られていた。白い胡蝶蘭《こちょうらん》で囲まれた額縁に、照れ臭そうにはにかむ彼の写真が収められている。着ている制服で中学校の卒業写真と推測できた。顔立ちが今よりやや幼く、零れる笑みと白い供花の取り合わせはどうにもズレを感じさせ、その違和感に僕はやりきれなさを覚えた。

彼の遺体が発見された二日後、二年A組は午前の授業が中止となり、生徒は葬儀に参列した。すすり泣く声が響くホールに僕もまた呆然としたまま参列し、彼の冥福を祈った。しかし純粋な気持ちで追悼ができたかと言えば、そうではない。

胸中は困惑の感情で満ちていた。

彼の訃報はあまりに唐突で、そして謎に溢れていた。

・・・

七月十七日の朝、登校した僕を出迎えたのは教室のざわめきだった。

普段通りに教室に入ると、その異変に気が付いた。連続失踪に関する噂で盛り上がっている普段より更に当惑しているクラスメイトたち。

重たく弱く、長い間耳に残るような声が飛び交っている。泣いている生徒も交じっている。いつもより空気が二、三度低い。

たまたま隣にいた学級委員の波多野に尋ねると、彼は囁くように「古林が亡くなったらしい」と言った。

全身の血が凍るような感覚がした。

やがてホームルームが始まり、担任教師から説明を受ける。

七月十五日の夜から連絡がつかなくなっていた古林奏太は廃ホテル〈ドリームキャッスル〉の駐車場で発見された。建物内に侵入し、三階から転落死したと思われる。

明日は葬儀に参列すると告げられて、ホームルームは終わった。

授業どころではなかった。

古林と特に仲が良かった高橋は唖然としたまま固まり、同じく彼と親しかった今井《いまい》や須藤《すどう》といった運動部の人間と言葉を交わしている。泣き出した矢追《やおい》という女子を、柴岡と真田《さなだ》が慰めている。その様子から矢追の古林に対する恋愛感情が察せられた。

教室の端では誰かがスマホを他生徒に回している。既にニュースとなっているらしい。声の高い三島と佐伯のリアクションに続き、他の生徒の呻《うめ》き声《ごえ》が漏れた。三島が気を回したのか、そのニュースサイトのURLをグループラインに貼りつけた。

他の多くの生徒同様、僕もまたサイトにアクセスする。

地元新聞のWeb版には、おおよそ担任の説明と同じ内容が載っていたが、新しい情報もあった。

——被害者は鋭利な凶器で切り付けられた後、転落したものと思われる。

薄ら寒いものを感じた。

スマホでいくつかのニュースサイトを巡回しても同様の情報が記されていた。

——警察は現場にいたと思われる人物を捜索している。

隣の席で、田端が呟いた。

「……誰かに殺されてんじゃん」

自殺でも事故でもない。古林奏太は殺人事件に巻き込まれていた。

堰《せき》を切ったように教室内の声が止まらなくなる。

「殺人？」「えぐっ」「なんで鋭利な凶器で切られたって分かんの？」「遺体に傷痕が

あったってことだろ。死体を見れば分かるよ」「じゃあ本気で殺人事件じゃん」「犯人は誰よ？」「分かる訳ないじゃん」「それ前提で聞いてんの」「失踪した三人も事件に関わってるのかな？」「偶然ではなくない？」「じゃあ渡利たちが犯人？」「あるいは、三人も既に殺されているとか？」「ヤバすぎでしょ」「結局、本当に失踪したの？」「そうなら古林で四人目？」「まだ消える？　ホラーじゃん」「でも現実な訳で」「合唱コン中止？」「当たり前」「渡利とか殺してそう？」「なんで？」「いや、噂なんだけどさ、バスケ部でイジメがあったらしいよ」

飛び交う言葉たち。

古林の死を悼むには謎が多すぎた。悲哀よりも興奮が上回っている。クラスメイトたちは古林の机から目を逸らすように背を向け、空虚な推測をぶつけ合う。空間が声で埋め尽くされる中、そこに古林の声がない事実が虚しかった。

立っているのも苦しく、一限目の授業前に早退した。

全力で自転車を漕ぎ、マンションまで辿り着いた。やけに動きが遅く感じられるエレベーターに苛立ちながら、九階の自室に駆け込んだ。

冷房が効いた部屋で、居候三人は自習に取り組んでいた。リビングテーブル、居室、押し入れ、と各々自然と決まった定位置で教科書を開いている。

三人は汗だくになって駆け込んできた僕を啞然とした表情で迎えた。

「ニュースは？」すかさず尋ねる。

三人とも不思議そうに顔を見合わせる。まだ知らないようだ。田貫が「だって堀口君の家、テレビないし」と真っ当な指摘を述べた。

担任教師からの話を伝えた。古林が亡くなったこと、そのあらまし。

彼らはすぐさまリビングのパソコンに駆け寄り、ニュースサイトに接続した。

地元メディアがトップページに掲載していた。矢萩町立高校の古びた校舎の写真が載っている。古林奏太の名前はなく「十七歳の男子高校生」という表記が、やるせない感覚を抱かせた。

久米井は口元に手を当てたまま動かない。渡利は「嘘だろ」と声を漏らした。田貫はじっと佇《たたず》み、画面を見つめている。

「悼んでいる暇はないよ」

一度パソコンをスリープ状態にする。

「どうする？　言うまでもなく大事件だ。もちろん詳細は分からないよ。でも最悪の事態は想定しておいた方がいい」

「最悪の事態？」田貫が尋ねる。

「キミたちに殺人の容疑がかけられるってこと」

三人の反応は鈍かった。

三者三様に深刻な表情を見せていたが、すぐに動き始める者はいない。

「それは飛躍が過ぎないか」

渡利が困ったように首を捻《ひね》った。

「なんで事件に関わっていないオレたちが容疑者扱いされる？」

「あくまで最悪の想定だよ。ただ教室には、既にそう考える人もいる。警察だって失踪事件と結びつけるかもしれない。そうなる前に一度、帰宅するべきだ」

「そうかなぁ」田貫が呑気な声をあげる。

「あらゆる可能性を考えた方がいいよ。警察がどう動くかなんて実際のところ、僕たちには分かりようもないんだから」

ただの家出では済まなくなるかもしれない。これまでは彼らの失踪が及ぼす影響は家族と学校だけで、それは本人の責任だ。でも殺人事件に関与した可能性があるとなると、僕が判断できる範疇《はんちゅう》を超えていた。いたずらに警察の捜査を引っかき回したくもない。

運が悪かったと諦め、この生活に終止符を打つべきだ。

「いいや、堀口。だったら猶更《なおさら》、ここにいさせてくれよ」

渡利が懇願するように口にした。

「現時点でもうオレたちを犯人扱いする人がいるってことだろう？　そんな状況で学校へ戻りたくないよ」

「その気持ちは分かるけど」

「犯人だってすぐ逮捕されるよ」

言葉を紡ぐ渡利の横では、久米井と田貫が同意するように沈黙している。

彼女たちも渡利と同意見らしい。僕の考えは悲観的すぎるのだろうか。

「考える時間をくれない？」

久米井が手を挙げた。

「古林が亡くなったこと含めて正直パニック状態。一旦落ち着かせて」

その言葉で僕も冷静に立ち返る。「そうだね、ごめん」と頭を下げる。

各自一人になるべきだろう。誰も何も言わないまま、全員がそう判断した。

田貫が「散歩してくる」と告げて、押し入れの中へ潜り黒っぽいワンピース姿に着替え、部屋から出て行く。渡利と久米井も後に続いた。

「見つからないようにね」と声をかけ、彼らを見送った。

喉が渇いていることに気づき、冷蔵庫からスポーツドリンクのペットボトルを取り出した。冷えた液体を一気に流し込む。

最悪のタイミングだ、と息をついた。

なにも家出生活の最中に殺人事件が起きなくてもいいのに。クラスメイトが関連付けたように、警察も結びつけて考えるかもしれない。もし真犯人が見つからなかったら、本当に彼らは容疑者になるのだろうか。

ふと気づく。

――本当に無関係？

恐ろしい発想が頭を過《よぎ》る。

ペットボトルを置き、僕はリビングの椅子を引き、押し入れの横に置いた。その上に乗り、おそるおそる押し入れの上にある枕棚に手をかけた。

――被害者は鋭利な凶器で切り付けられた後、転落したものと思われる。

ニュースサイトにあった記述が忘れられない。

カバーにしまわれたサバイバルナイフはそこにあった。

安堵の感情が沸き起こり、僕はそのナイフを手に取った。ずっしり重たいその刃物は、手のひらに確かな存在感を残す。それを掴んだまま椅子から降りて、照明の下、状態を確認した。

握ったナイフから粘度の高い感触が伝った。

あげそうになる悲鳴を噛み殺しながら、ナイフのカバーをゆっくり取り払う。

二十センチの鋭い刃は、紅黒い血でべったりと濡れていた。

・・・

読経が響く中、生徒たちは順番に焼香をあげに向かう。前の生徒に続き僕もまた済ませると、祭壇近くに座った一組の男女が僕に小さく頭を下げた。

古林の両親だろう。母親の目元は赤く、まだ現実を受け止められないようだ。その瞳が僕を捉えた時になぜか胸が苦しくなった。批難されている気がした。

――血で濡れたナイフ。

黒く濁ったような紅が記憶に刻まれている。

僕は途中で立っていられなくなり、葬儀場の脇で蹲《うずくま》った。クラスメイトに抱えられるようにしてマイクロバスに乗せられる。幸い、僕の振る舞いは級友の死にショックを受けた繊細な男子生徒にしか映らなかったらしい。憐《あわ》れむような目を向けられた。

葬儀場を離れて思い浮かべるのは、ゲームのことだ。

両手で頭を抱え、瞳を閉じ、悲哀と困惑を解釈する——このえぐみは、どんな魔物で表現すればいい？　——どんなアイテムに頼れば解消される？　——底なしの闇に吸い込まれそうな不安に、勇者なら何を選択する？

現実をゲームで捉え直す、慣れ親しんだ精神を落ち着かせる方法。しかし、なぜか今日に限っては効果がない。

必要なのは現実逃避ではなく、怜悧《れいり》な思考か。

——あのナイフは、古林奏太の事件に関与しているのだろうか。

可能性だけで言えば、大いにある。古林奏太が亡くなった〈ドリームキャッスル〉は、マンションのすぐ隣だ。たった五分坂道を下るだけ。ナイフに付着した血は古林奏太のものかもしれない。

他にナイフに血が付く事態があり得るだろうか。

まさか魚を捌《さば》くのに使ってはいないだろう。捌く工程が要る食材は買っていない。

誰かが遊んで用いて怪我《けが》をした？　それなら夕食の時の話題になるはず。リストカット？　そんな傷は誰の腕にも見ていない。

いや、これも現実逃避だろう。

まずはこの選択肢から始めねばならない。

――僕のマンションに暮らす三人を殺人犯として疑うか、否か。


帰宅した時、歌声が聞こえてきた。

目を閉じた久米井が、リビングテーブルで歌を口ずさんでいる。ワイヤレスイヤホンが耳に収まっている。珍しくマスクもつけていない。完成した曲を確かめているようだ。僕が戻ってきたことに気が付いていないのか。声はどこか哀しみに溢れている。

彼女なりの弔いかもしれない。

できるだけ音を立てずに横を通り過ぎ、居室のベッドに腰を下ろした。渡利はいなかった。押し入れは空で、田貫もいない。

「堀口、帰ってきてたのっ？」

しばらくして久米井の悲鳴が聞こえた。

僕は「少し前からね」と答えた。「渡利と田貫は出かけてる？」

「そんな感じ」久米井はマスクをつけながら答える。「最近、出歩いているよね」

夜になると、マンション一帯の人通りが減る。それに気づいた彼らは日が暮れ始めるとよく外出していた。１ＬＤＫの四人暮らしは息苦しさもない訳ではない。そんな時、一人や二人、部屋から出ることが風通しを良くする方法だった。

二人が不在なのは良い機会だと思った。

「久米井、相談したいことがある」

不思議そうにする久米井から椅子を借り、押し入れ上の棚から例のサバイバルナイフを取り出した。カバーを外すと血がこびり付いた刃が現れる。

久米井が小さく呻き声をあげた。

すぐにナイフをカバーに戻した。

「誰の血だと思う？　昨日見た時はこうなっていた」

昨日、と掠《かす》れた声で彼女は言葉を繰り返す。

日付の意味を説明する必要はないだろう。古林奏太が殺害された後だ。

「おそらくの推測を聞いてくれ。誰かが押し入れからナイフを持ち出し、古林を襲った。その後血が付いたままケースに入れて持ち運び、一度ナイフを洗ってからケースにしまって、ここへ戻した。よほど慌てていたんだね。ケースの方を洗い忘れたんだ。だから血が今でも残っている――想像をしてしまうんだけど、どうかな？」

ずっと考えていた推理だった。

押し黙る久米井に語り続ける。

「ネットニュースには死亡推定時刻も載っていた。七月十五日の夜八時から九時頃、その時僕たちは全員バラバラに過ごしていた」

「ねぇ、もしかして堀口は」

久米井は発言を恐れるように、たっぷりと間を置いた。

「古林奏太を殺した犯人が、私たちの中にいると思ってる？」

「その通りだ」

決断したのは、同居人を疑うという選択だった。

突如出現した異物は、冗談にしては悪質すぎる。目を逸らせない。古林奏太が亡くなった教室に通い、そして悲嘆に暮れる両親や級友を目撃してしまっている。

――自分は古林奏太を殺した犯人を匿っているのではないか。

そう想像をするたびに、背中にじっとりとした嫌な汗が流れた。

ナイフをそっと棚に戻す。

「犯行があった時間帯、久米井以外の全員が出かけていたよね？　古林が死んだ〈ドリームキャッスル〉まで徒歩五分。僕たちは全員アリバイがない」

〈ドリームキャッスル〉に呼び出した古林を殺すまでにかかる時間は不明だが、そう長くはないだろう。行って戻るまで一時間もかからないかもしれない。

僕たちはその時間帯、外出していた。渡利は日課のランニングをし、田貫もそれに続いて姿を消した。この日は僕も気分転換に外出し、スマホで電子書籍を読んでいた。

可能性だけで言えば、自分たちは容疑者たり得る。

「私も容疑者に含まれるんだね」久米井は声のトーンを落とした。「ずっと家にいたけれど、それを証言してくれる人はいないから」

「そうだね。ただ一番、犯人の線が薄いと思っている」

正確な時間を把握していなかったのが悔やまれるが、自分の外出時間は四十分前後だった気がする。一時間以下なのは確実だ。その間に家とラブホテルを往復し、古林を殺して何食わぬ顔で僕の帰宅を待ち受けるのは現実的ではない。

それが、僕が彼女を相談相手に選んだ理由だった。

「久米井は、当日の詳しい時間を覚えてないか？」

彼女は首を横に振る。

仕方ないかもしれない。当時の自分たちにとっては、穏やかに流れていくと思った普段通りの夜の一つだった。クラスメイトが殺されるなどとは思ってもいない。

「もう一度聞くけど」

彼女は緊張した面持ちでベッドに腰を下ろした。

「堀口は本当に、古林を殺した犯人が私たちの中にいると思ってる？」

「確信はないよ。でも疑わざるをえない。逆に久米井はあのナイフを見て、今まで通りに生活を送れる？」

返事が戻ってくるまでには時間がかかった。

逡巡するように久米井は長い前髪を両手で掻《か》き上《あ》げ、白い額を晒す。露わになった目は動揺するように動いていた。

ベランダにカラスが止まり、黒い羽を大きく広げた後に身を休ませる。部屋で佇む僕らを観察するように視線を向け、やがて〈ドリームキャッスル〉の方へ飛び立っていく。

「でも、そうだね。疑うしかない。勘違いで済むかもしれないしね」

久米井が髪から手を離した。

「確認だけど――このナイフをすぐ警察に提出する訳じゃないよね？」

「うん、僕だって強制的にこの生活を終わらせたい訳じゃない」

警察に持ち込めば、失踪生活のことも話さざるをえない。全て自分の思い違いという望みを捨てたくなかった。最終手段にしたい。

久米井は僕をまっすぐ見た。

「じゃあ、どっちから探る？」

潔白を確認しなければならない相手は、二人いる。

だが、どちらが怪しいかと尋ねられれば答えは決まっている。古林と同じバスケ部に所属し、部内でイジメ被害者となっていた人物。

「渡利幸也」と僕は答えた。

・・・

同居が始まって以来、僕と渡利はよく話すようになった。

時折、彼の練習に付き合わされることもあり、マンションから徒歩十分圏内にある矢萩自然公園に連れ出された。その一角はアスファルトで固められ、3on3用のバスケットコートがあった。夜になると、人はいなくなる。

無人のコートの端には電灯が輝き、名も知らない羽虫が群がっている。虫が電灯に衝突してコツコツと音を立てている。コートを取り囲む森から土が腐ったような甘い臭いが漂ってくる。が、不愉快な香りではない。

渡利は「立っているだけでいいから」と言い、僕をディフェンス側に配置した。ボールを持った彼が素早く横を抜き去り、美しいフォームでレイアップシュートを放ちゴールを決める。その繰り返しだ。

立っているだけでは暇なので動いてみるが、ボールに触れることさえままならず、バックステップを踏んでから繰り出される彼のスリーポイントシュートを、ただ黙って見送った。

ボールはリングに触れることなくネットに吸い込まれ、渡利が誇らしげに微笑《ほほえ》む。普段の気弱な顔つきとは違う、自信に満ちた表情だった。

コイツは本当にバスケが好きなんだな、と思う。

もったいない。僕の部屋で燻《くすぶ》っていることが。

彼は拾ったボールをドリブルさせながら、コート中央に移動する。

微かに表情が曇るのを確認しつつ、彼の正面に立ち塞がった。

「今まで聞かなかったんだけど」

「うん」

「渡利の家は生活保護を受けているのか？」

そう感じたのは、やはり美化委員の活動中に見た渡利の寂しげな顔だった。生活保護受給者を中傷するビラ。そして『消えたい』と漏らした彼の声。

「そうだね。五年前から受けているよ」

彼はドリブルのテンポを落とした。

「もしかしてバスケ部内のイジメも……」

「うん、一応そういうことかな」

バスケットボールがコートに弾む音が、夜の公園に虚しく響いている。

喉の奥が締められるように苦しくなる。

「本当に古林は何も知らないのか？」

自分が知る教室の古林奏太は、誠実そのものだ。もちろん僕の知らない面も多くあるだろうが、教室での公明正大な振る舞いが全て嘘とも思えない。生活保護を理由に他人を差別的に扱うことを容認する奴ではない。

渡利はボールを両手で挟むように抱えた。

「奏太はイジメに加わってないよ」

「だったら、まず話してみたら——」

「堀口」渡利はボールを強くコートに叩きつけた。「気にしなくていい」群がる虫たちがリング横の電灯が僅かに点滅し、一瞬の陰をコートに作り出した。群がる虫たちが数を増やし、電灯とぶつかる音が少し大きくなる。

「多分、迷惑をかけると思う」

彼との間に深い溝があるように、その距離が遠く感じられる。渡利の瞳はいつになく強気で、こちらを拒絶するような意志があった。

それでも彼の秘密を知りたいと思うのは、ワガママだろうか？

自身に渦巻く感情に戸惑いを抱く。友情めいたものを感じているのかもしれない。

たった一週間程度であろうとも、渡利とは濃密な一時を過ごしている。

「こうしないか？」

僕は提案した。

「一本でもキミのオフェンスを止められたら、キミは秘密を話す」

彼は一瞬目を丸くし、固まった。ボールが彼の手に収まる。面白がるように鼻で笑ってみせ、腰を低く下げた。

「いいよ」

渡利がドリブルを開始する。彼が一瞬のうちに僕の横を通り過ぎた際、首の裏側が見えた。その痣は多少薄くなってはいたが、今もなお残っている。

遅れて手を伸ばすが、彼は既にリングの下まで移動していた。

何度やっても彼を止められない。

そのボールに触れることさえできない。

渡利幸也と古林奏太が所属するバスケ部、そこで何が起きたのか僕は知らない。

・・・

実は僕には一人だけ、二年A組に友人らしき生徒がいる。

教室で会話こそしないが、頻繁にメッセージを送り合う人物。

――葉本卓《たく》。

僕は交友関係が狭すぎる。教室で渡利のことを尋ね回れば、不審を抱かれかねない。彼らを家に匿っている現状、迂闊な行動は避けたい。葉本に頼るのが一番だ。

矢萩町にはファストフード店はおろか、高校生が気軽に入れる喫茶店も存在しない。学校周辺にあるコーヒーが出る飲食店は、夜にはスナックとなる。夕方以降に人と会う場所は限られていた。

マンションの前にある入居者用の広場を指定した。

午後六時ぴったりに低い声が届いた。「珍しいな、堀口から呼び出しなんて」

ブランコに座っていた僕は小さく手を挙げる。

葉本卓だった。大きな丸眼鏡をかけた、細身の男子生徒である。スマホのミラー機能を使って、乱れた茶髪を整えながら歩いてくる。べったりと整髪料が付けられた髪は彼が指で摘まむと綺麗な山が出来上がる。

彼は暑そうにワイシャツを引っ張り、ブランコを囲う柵にもたれた。

「三日前、送られてきたゲーム。アレどうした？」

「どうしたって？」

「最高。無茶苦茶良くなっていた」

快活に笑う葉本の白い歯が見えた。

「本当にスランプを脱したんだな、超良くなったよ。音楽もお前が作曲したのか？売り出しがいがある」

わざとらしい拍手まで送られる。よく舌が回るな、と感心した。

葉本卓はいわゆるプロデューサー的存在だった。

僕とは腐れ縁である。七年前に知り合い、矢萩町立高校で再会を果たした。僕がゲーム制作をしている事実を知ると、一度プレイして絶賛し「よかったら販売してみないか？」と持ち掛けてきた。

彼はユーザーが遊びやすいよう修正点を挙げ、オリジナルの宣伝動画を作成し、キャッチコピーをつけ、ダウンロードサイトで販売した。彼の手腕のせいかマニアの間で話題となり、一時期は日間ランキングでも上位となった。報酬の一部を葉本に譲ったが、今でも月十万円以上の収入が僕の口座に入ってくる。

葉本とはそれ以来、ビジネスパートナーである。三作目の進捗が遅い僕に、よく催促のメッセージを送ってくる。

彼はひとしきりゲームを褒めた後、声を低くした。

「で、何の用だ？　感想を直接聞きたかったのか？」

「いや、違う――失踪した三人と殺人事件の関連について知りたい」

意外そうにする葉本に、僕は告げた。

「情報を集めているんだろう？　僕に教えてくれないか？」

連続失踪事件が始まって以来、葉本は教室でよく噂話に参加していた。古林から付かず離れずの位置で興味深そうに話を聞いていた。基本、野次馬気質なところがある。

僕にも一度事件について尋ねてきたことがあったか。

葉本は愉快そうに舌を出した。

「面白いな。堀口は事件に関心がないと思ってたよ」

想定内の反応に、ゲーム作りに活《い》かせそうだから、と事前に用意していた言い訳を述べた。

葉本は怪訝《けげん》そうな顔をしたが「そういうこともあるか」と追求はしてこなかった。

「特にバスケ部のイジメについて知りたい。実際どうなんだ?」

「どうって渡利の失踪後に発覚して、ちょこっと問題になったくらいだよ」

質問すると、葉本はさらりと答えた。

「ちょこっとって」

イジメの事実を軽々しく扱う素振りに声を尖《とが》らせたが、葉本は気にした様子もなく、

「長期的なものじゃないんだ」

空を見上げている。

「渡利が失踪したから発覚したけどさ、そこまで問題とは思わなかったな。バスケ部の連中に聞いたが、七月初めの土曜日に、バスケ部の部室で財布の盗難騒ぎがあってさ。で、その財布が渡利の鞄から出てきて揉《も》めたことがキッカケらしい」

盗難騒ぎは初耳だった。

「犯人は渡利なのか？」

「さぁ。本人は否定したらしい。だから余計に拗《こじ》れたみたいだけど」

胸が苦しくなる。もしかしたらバスケ部員は渡利が生活保護を受けている事実を知っていたのかもしれない。そのことが悪い方向に働いていたのか。

「ただイジメが起きてから失踪まで四日だぜ？　それも私物をゴミ箱に捨てられただけ。即失踪するのは、大げさすぎるって感じたけどな」

四日という数字に思ったよりも短いという感想を抱いた。

渡利の印象からもっと長期的なイジメを受けていると判断してしまった。だが、そんなこと彼は一言たりとも言っていない。

「けれど、暴力も受けていたんだろう？」

「まぁそうだな。渡利の首に痣があったって証言する奴もいた。バスケ部の連中は否定してるけど、怪しいよな。暴力もあった可能性はある」

彼のバスケ練習に付き合った際にも見た痣が脳裏に過る。

初めて見たのは、美化委員の活動中だったか。

「ん、おかしくないか？」

そこで不自然な事実に気が付いた。

「僕も渡利の痣は見た。金曜日の放課後だ。盗難事件もイジメも起きていない時点だ。時系列がおかしい」

「そうだ、そう主張する奴もいた。渡利の後ろの席の尾崎《おざき》だよ。木曜日にはなく、金曜日の朝には痣はあったらしい」

「だったら――」

「真実は不明だ。さっきも言ったが、オレはバスケ部の連中が怪しいと思うけどな。もっと前から暴力的なイジメがあったんじゃないか。そう考える奴も多い」

それもどうだろうか、と納得しきれなかった。

葉本の証言から推測するに、バスケ部員はイジメを反省して、事実を公表している。中途半端に嘘をつく理由が分からない。

「ただ、バスケ部連中の証言は大抵一致している。そして口を揃《そろ》えて言う」

彼は得意げに語り続ける。

「――イジメの現場に古林奏太はいなかった」

それは渡利の証言とも一致する。

「だから渡利が古林を恨んで殺したってのは考えにくい」

当時の古林は練習に不参加の日も多かったと葉本が教えてくれた。

彼はかなり細かく、僕の予想以上に情報を集めているようだった。その声を聞くたびに、脳裏で嫌な想像がじわりと広がっていく。


「こんなところか？　まぁ深入りはしすぎんなよ」

葉本は語り終えると、念を押すように歩み寄った。

「お前には他にやることがあるだろ？」

僕の肩を叩き、自転車に跨《また》がった。

その背中を見えなくなるまで、じっと見送った。

・・・

ある推測に辿り着いていた。しかし、それを久米井に相談する前に、渡利に直接確認したかった。自分勝手に想像を広げるのは、彼の尊厳をいたずらに傷つけてしまう気がした。

夕食の後、渡利は「ちょっと運動」とバスケットボールが入ったバッグを抱えて部屋から出て行く。いつものことだった。

久米井に目配せして、渡利の後を追った。

矢萩自然公園のバスケットコートに向かうと、黙々とフリースローシュートの練習をする渡利の姿を見つけた。照明に照らされたリングが輝いて見える。彼が投じたボールはその輪の中に吸い込まれていく。

九回目で彼はゴールを外し、ボールが僕の方へ転がってきた。拾い上げて一度バウンドさせる。久しぶりに触れたバスケットボールの大きさと重量に驚いた。

「精が出るな」と声をかけた。

「どうしたの」渡利が苦笑する。「練習に付き合ってくれるの？」

「そんなところ。以前は一本も止められなかったから」

「素人に止められる訳にはいかないよ」

僕はボールを渡利へ投げて、彼の正面に立った。対面すると、その長身に圧倒される。百八十は超えているはずなので、十センチ近く違うはずだ。

渡利は両手で摑んだボールを片手持ちに切り替えると、大きく左足を踏み込み、そのまま僕から見て右から、抜き去りにかかった。僕はボールを弾こうと身体を入れ、右手を伸ばす。しかし渡利の身体はすり抜けるように回転し、魔法のように僕の左を通り抜け、そのまま綺麗なレイアップシュートを決める。

「まず一本」

渡利が長い人差し指を伸ばし、朗らかに笑う。

悔しくなってくるが、多少ムキになろうと僕が敵《かな》う相手ではない。その後も同じような展開が五回連続で繰り返される。完璧に抜かれ、見事なシュートが投じられた。そのボールがゴールに入るたび、渡利は嬉しそうに頬を緩ませる。

何度やっても渡利のボールにさえ触れられない。

七本目、禁じ手を使うことにした。

彼が両手でボールを持ったところで口にする。

「渡利、さすがの僕でも違和感は抱くよ」

「なにが？」楽しげに彼が笑う。

「キミの痣は――古林奏太に付けられたんじゃないか？」

渡利が目を見開いた。

すかさず腕を伸ばし、彼が握るボールを弾いた。彼の手から離れたボールはコートの端へ転がっていく。初めて渡利から一本取れた。

彼はかつて言った――古林奏太はイジメに関わっていない。きっとそれは嘘ではない。財布やシューズを捨てる程度の、くだらない嫌がらせに加担はしていないはずだ。

僕は告げた。

「もしかして古林はイジメより酷いことをしていたのか？」

・・・

僕たちは遊歩道に並ぶ照明を頼りに歩く。矢萩自然公園は丘に作られた、傾斜のある公園だ。長い坂道を上る。僕たち以外に人影はない。主に家族連れがピクニックで訪れる公園は、夜九時を回ると利用する人はいなくなる。

道に連なる常緑樹は、葉が生い茂っている。昼間たっぷりと光を浴びたのだろう。その木が連なる道を僕たちは歩くが、夜に見る樹林は酷く黒く、不気味だった。

僕の少し先を行く渡利が「気づいちゃったんだな」と諦めたような声をあげた。彼の肩にはバスケットボールを入れるためのバッグがかけられている。

「でも、どうして奏太だと？」

「最初は家庭内の虐待かと思ったよ。首回りの痣は、部活動じゃなく、両親のどちらかに首を絞められた痕かもしれないって」

少なくとも僕にとっては、そっちの方が想像しやすい結論だった。渡利が家出する理由も説明がつく。

「けれど知り合いが言ったんだ。痣はバスケ部内のイジメによるものじゃないか、と。クラスメイトも似たように考えているって。僕は恐ろしくなった。痣はイジメが起きる前日にはあったのに、バスケ部員への悪印象で決めつけられた」

「……うん」

「一つの傷害事件が隠蔽されたんだよ、イジメのせいで」

上書きと表現してもいいかもしれない。

葉本の話では、渡利の痣は僕以外にも見かけた人物がいるらしい。なにせ首の裏側にあるのだ。目撃したクラスメイトも多いはずだ。

誰もが思ったはずだ。彼は傷害事件の被害者だ、と。

しかしバスケ部のイジメが発覚した直後、その痣をイジメによるものとして片付けてしまった。財布の盗難騒動の延長、バスケ部内の問題として。

彼の痣を知っていた者は納得しただろう。

本当はその裏にもっと惨《むご》たらしい事件があったかもしれないのに。

「偶然とは思わなかった。痣が付いた直後の土曜に財布の盗難騒ぎがあって、キミが罪を着せられるなんて」

誰かが仕組んだとしか思えない。

しかし、それを実行できる者は限られている。

バスケ部の練習中に隙を見て、部室に入れる者。そしてイジメが起きた場にはおらず、痣を付けた疑いがかけられない者。

「古林がキミに痣を付けた犯人――そう推測するのが自然だ」

受け入れがたい想像だった。

古林奏太が、渡利幸也の首を両手で強く絞め上げる。渡利幸也の首に痣ができた事実に気が付くと、彼は自身の犯行が露呈しないよう、バスケ部内で渡利がイジメに遭うよう、濡れ衣を着せる。痣を目撃したクラスメイトは、あの痣は古林以外のバスケ部員の仕業だったのか、と錯覚する。

その一連は全て彼が仕組んだことだったなんて。

「――そうだよ」

冷たい声で渡利が言った。

「オレは奏太に殺されかけたんだ」

大股で進んでいく渡利の背中に、大きな木の影が落ちていた。僕と同じ歩数でも彼の方がずっと速く遊歩道を上っていく。急《せ》き立《た》てられるように進む彼に、もっとゆっくり歩いてくれ、と言えないまま、彼から離されないよう足を動かした。

表情を確認できないまま、渡利の言葉が届く。

「七月最初の木曜日の夜、奏太から呼び出されたんだ。水田用の水が流れている、名前もない川のそばだよ。そこで突然に首を絞められ、川底に沈められた」

『消えたい』と僕に明かした前日のことだった。

真新しい痣と感じたのは間違いではなかった。

「なぜ古林は突然そんなことを？」

「オレの方が知りたいよ」

寂しさが滲んだ声だった。彼にもまだ消化しきれていないのか、と察する。

できるだけ穏やかに「知ってることを詳しく語ってくれないか？」と言った。

渡利からの返答には時間がかかった。

「堀口、これは奏太の名誉に関わることなんだ。だから秘密にしていたし、できれば誰にも話したくない。あまり広めないでくれるか？」

分かったと伝えると、彼は時に苦しそうに言葉に詰まりながら、その夜のことを語ってくれた。

「そもそもの、オレの家庭の話から始めていいかな。五年前、親父《おやじ》が突然脳卒中で入院してね。母親はもともと身体が弱くて働けなかったから、生活保護を受けたんだ。生活保護は正当な権利だよ。でもさ、親戚には会うたびに『恥ずかしい』って言葉をかけられた。腹立つよな。代わりに生活費を出してくれる訳でもないのにさ。駅前でも堂々と『受給者は寄生虫だ』と罵ってくる連中もいる。受給者をバッシングするビラは何度も見た。だからいつの間にか、引け目がオレの心の底で育っていたんだ。貧乏だってバレないよう、距離を取ったりしてな」

彼は自嘲気味に笑った。

「けれど高校に入った時、信頼できる人間と出会えたんだ。古林奏太だよ。アイツは凄いよ。どんな奴でも拒絶しない。体格の良《よ》し悪《あ》し、顔の美醜、生まれも育ちも出身中学も関係なく、誰とでも仲良くなるんだ。バスケ部でオレたちは自然と仲良くなれた。自分で言うのもなんだけど、二人とも部内で実力が抜きんでていたからかな。地区大会くらいなら無敵のコンビだったんだよ」

渡利が古林との思い出を語った時、嬉しそうな色が声に混ざった。

「でも二年生に上がってから、奏太は次第におかしくなった。部活を休む日が増えた。練習に参加してもミスが多かった。理由を聞いても答えは返ってこない。他人の悪口を言うようになった。今までならあり得ない態度だ。ずっと不穏なものは感じていたよ。夜、彼から呼び出された時も恐れはあった。だが逃げる訳にもいかない。彼の力になりたかった。夜十時。人は誰もいない。待っていた彼に、なんだ、と近づいたら、突然に首を絞められて農業用の水路へ連れ込まれた」

一瞬、言葉を詰まらせる。

「パニックで身体を動かせなかった。水の中へ頭を突っ込まれた。死ぬと思った。窒息しかけて、必死で藻掻《もが》いて水面から顔を上げた時、言葉が聞こえた。怨念の籠った声で『お前みたいな奴らが金で生かされているのに』って。やがて力が抜け、奏太の手が首から離れた時、奏太の凍るような瞳を見て動けなくなった。『痣ができた。失敗した』って呟いて。意味が分からず、オレは震えるしかなかったよ」

ずっと先を歩いていた渡利はそこで一度足を止めた。バッグから水筒を取り出し、水を飲み干していく。その間に僕はようやく彼に追いつく。

渡利から語られた古林奏太は、僕が知っている姿とはかけ離れていた。冷酷という印象さえ抱いてしまう。だが嘘とは思わない。

古林奏太の一側面だ。どちらが本物ということではないはずだ。

――冷たい目で渡利を殺しかけ、生活保護受給の事実を揶揄する古林。

だが動機がまるで分からない。彼の身に何が起こった？

二人並んで歩き始める。

渡利が息を吐き「後は堀口の想像通りだよ」と言った。

「後日、盗難の濡れ衣を着せられ、オレは仲間から誹《そし》りを受けた。痣の事実を揉み消すため、奏太が裏で糸を引いているとはすぐに察したよ。心底恐《こわ》かった。今度こそ殺されると思った。だから堀口の提案には助けられた。喜んで失踪したよ」

花壇の前で『消えたい』と漏らした渡利の表情を今一度思い出す。殺されかけた翌日だろうと、渡利は何事もなかったように登校した。

率直な疑問が一つ浮かび上がった。

「なぜ、その事実を伏せていたんだ？　すぐ警察に相談するべきだろう？」

「一つは両親のためかな。ここまでオレを育ててくれたことに感謝している。そんな彼らに『生活保護を受けているから殺されかけた』なんて言いたくない」

渡利の声が濁ったように不明瞭になる。

「もう一つは、多分理解できないよ」

「とにかく話してくれ」

彼は囁くように「奏太のためだよ」と言った。

「本当に、アイツを親友だと思っていたんだよ——一年の時からよくバカ話もしたし、試合に出れば、オレたちを止められるチームなんてなかった。あの日追い詰められている奏太を見た時、殺されかけながらも同情してしまったんだ」

どんな顔で受け止めればいいのか分からず、口を噤む。

うまく理解できなかった。自身が殺されかけても、濡れ衣を着せられてもなお、古林奏太を庇《かば》う理由が。

しかし渡利が苦しげに「あの時の奏太はおかしかったんだ」と呟く横顔を見ると、受け止めるしかなかった。彼には彼の価値観がある。

友情と恐怖の板挟みとなった彼は、失踪という手段に出た。

ちょうど公園の頂上まで辿り着いた。芝生が広がる平地に、ベンチが二つほど崖の方向に置かれている。

どちらからともなく、僕たちはベンチに座り込んだ。

「どうしてなんだろう?」渡利が正面を見る。「あの日の奏太は駅前で叫んでいる連中と同じ目をしていた。奏太はなんでオレを憎んだんだろう?」

ベンチから〈ドリームキャッスル〉を見下ろした。

坂を上ったことで僕のマンションよりも更に高い場所に辿り着いている。開けた視界で目に付くのは、古城を模したラブホテルだ。脇を通る高速道路のオレンジ色の照明に照らされ、闇の中に尖塔のシルエットを浮かび上がらせている。三年前から人が消えた廃墟《はいきょ》は、今日も少しずつ滅びに向かう。

——古林奏太はこの廃ホテルから転落し、駐車場で息を引き取った。

何を考えながら命を散らしたんだろうか。

寂れている城は、僕にある記憶を思い起こさせた。

「世界が不安定になったから」

潰《つい》えていく城と人口を減らしていく矢萩町が重なる。

誰もが薄々理解している。矢萩町に未来などない。合併しても少子高齢化に歯止めは利かず、外の街に飛び出した人間が戻ってくることはない。やがて限界集落と呼ばれ、町は丸ごと消えていく。

少しずつ狭くなる世界に僕たちは暮らしている。

「なんだそれは？」と渡利が尋ねてくる。

「よく読んでいる本があるんだ。『排除型社会』。ジョック・ヤング。記憶に残っている箇所があって……」

言葉が止まらなかった。

「僕たちの社会では、もう安定が失われたんだ。伝統に従えば幸福になれる世界じゃない。正しい生き方なんて見えず、各々が勝手にルールを組み上げるしかない。違う人間を攻撃するしかない。他者を悪魔のように糾弾して安心を得るんだ」

失踪者が生まれた教室で読んだ文章が忘れられない。不安定な世界が生み出していく人々同士の断絶。そして引かれていく境界線の話。

渡利は泣き出すように顔を歪めた。

「なんだよ、それ。無茶苦茶じゃないか。オレの家が生活保護を受けているからって、どうして攻撃されなきゃいけない」

「そうだよ。無茶苦茶だ」

両手で顔を覆って、首を横に振る。

「僕の母さんも同じだった。あらゆる不幸を僕のせいにして憎んで、殴って、八つ当たりをして、僕は実の母に、監禁された。飢えて死にかけている僕を見て、母さんの口元は笑った……『死んでほしい』って……」

渡利が口を開け、唖然とした表情になる。突如告げられた言葉を受け止められないように、目を見開き、じっと僕を見ていた。

七年前、僕はバグを孕んだ。

些細なことで母親との記憶を思い出し、感情のコントロールが利かなくなる。目まぐるしい嘔吐《おうと》感に襲われ、じっと身体を抱えて堪えるしかなくなる。

――『死んでほしい』

母に告げられた言葉が呪いのように染みついている。

「ねぇ、渡利。本当になんで僕たちは攻撃されたんだろうね？」

ずっと答えを捜している。

社会学者の本を読みながら、ゲームを作りながら、七年前の心的外傷を乗り越えようと藻掻いている。一生かけても終わらないかもしれなくても。

渡利は唇を嚙んで、俯《うつむ》いている。優しい彼のことだ。自分の事情を照らし合わせながら、共感してくれているのだろう。

息を吸い、気を引き締める。

過去の痛みに浸っている場合ではない。それよりも大事な役目がある。

――渡利幸也が古林奏太を殺していないのか、確かめねばならない。

彼には殺す動機がある。十分に犯人たり得る。しかし証明となると難しい。警察でもない自分たちには証拠など用意できない。

自白させるのがベストだ。犯人しか知りえない情報を述べ、反応を見る。たとえそれが同居人への義理を欠く、卑劣な手段であったとしても。

意を決して口にする。

「渡利、ナイフに血が付いていたよ」

「え？」

「洗い忘れたんじゃないか？　カバーの方を」

渡利の表情をじっと見つめる。

渡利の反応は早かった。微かに首を捻る。

「何の話？　よく分からないよ」

眉間に皺《しわ》が寄っている。反応は自然で、嘘をついているようには見えない。少なくとも僕の目には、彼は本気で困惑しているように見える。

もちろん僕に他人の嘘を見抜く超能力などありはしない。しかし彼が演技をしているようには感じなかった。

――渡利が犯人という線は薄いか。

そもそも彼は古林との関係を克明に語ってくれた。犯人ならば誤魔化すのが自然ではないだろうか。

「なんでもない。僕の勘違いみたいだ」

自身の手のひらに滲む汗に気が付き、ズボンで拭う。

「古林を殺したのは、渡利じゃないんだよね？」

「違うよっ」

念のため問いかけると、渡利は声を張り上げた。

「どうして堀口はそう考えたのっ？　全く分からない」

「ごめん、念のため。大事なことなんだ」

僕はこれまでの経緯を簡単に伝えた。血に濡れたナイフが見つかったこと、古林の死亡推定時刻の間は外出している者が多くアリバイがなかったこと、いまだ真犯人が逮捕されない現状では、疑うしかないこと。

説明を終えると、渡利は「あぁ、そういうことか」と顔を手で押さえた。「カマをかけたな。心外だ」

不満げに顔をしかめられた。怒っているようだ。

僕はもう一度、ごめん、と口にした。

「でも実際、疑っているクラスメイトも多いんだ。バスケ部のイジメに関連付けて」

「それは分かるけどさぁ。まさか堀口にも疑われるなんて」

「悪かったって。お詫《わ》びじゃないけど、もうしばらく家にいてくれていいよ。真犯人が捕まって、疑惑が完全に解消されるまで」

肩の荷が下りた気がして、僕は立ち上がった。

丘の下から駆け上るような夏の夜風が吹きつけて、身体に纏わりつく湿気を連れ去っていく。乾いた草の匂いがした。

一度久米井に報告しなければ、と思い、マンションの方へ足を向ける。

しかし、渡利はいまだ立ち上がらない。ベンチに座り込んだまま口元に手を当てて、黙り込んでいる。まだ怒っているのか。

「渡利？」

僕が呼びかけると、彼は慌てたように顔を上げた。「あっ、いや、なに？」と、まるで虚を突かれたように。

そこに良からぬものを感じ取った。

「……何か気になることがあるのか？」

声を潜めると、彼は観念したようにゆっくり頷いた。

「ただの憶測に過ぎないよ。もしかしてと思っただけ」

「大事なことかもしれない。何？」

「さっきの話、実は相談した人物がいるんだよ。事件前日の夜に。その人は僕の話を聞いて、かなりショックを受けているようだった。だから気になって」

「相談？　誰に？」

「田貫」

咄嗟《とっさ》に感じたのは、なぜ、という疑問だった。

渡利は古林との間にあった出来事を隠そうとしていたはずだ。なぜ田貫には明かしているのか。

そう伝えると、渡利は「そうか、あまり知られてないもんな」と息を吐いた。

呆然とした心地で見つめ返していると、渡利が言った。

「――田貫は奏太の幼馴染《おさななじみ》なんだ」

あぁ、と声が漏れていた。

言われてみれば、僕は彼らの繋がりを目撃していた。

田貫凜が進路指導の相談室にいる間、なぜか古林奏太も進路指導室にいた。まるで田貫凜が出て来るのを待っていたかのように。

田貫と古林を繋ぐ線が突然浮かび上がる。

気味の悪い予感が頭の中を蠢いていた。

・・・

僕と渡利がマンションに戻る道中で、久米井が待ち構えていた。自然公園の階段の中腹で、手すりに腰を下ろしている。僕のパーカーを羽織っていた。夜が深まるにつれて次第に気温は下がってきた。

渡利は彼女の姿を見た時、すぐに気づいたように「久米井もグルだったのか」と嘆息する。やはり一度疑われたことが不服らしい。

「ごめんね」久米井が謝る。「で、実際どうだったの？」

「渡利が犯人という線は薄いと思う。ただ……」

僕は渡利に了解を取り、彼の話を要約して彼女に伝えた。

久米井は唇を結んだ。

「分かった。次は田貫だね」

「うん。殺害するに足る動機がないか、確認した方がいい」

結論がまとまったところで、渡利は「気が乗らないよ」と口にした。「仲間内で疑い合うなんて正直、嫌だな」

「僕だって喜んでやっている訳じゃない。必要なんだ。分かるだろう?」

今は事の是非を問うている場合ではなかった。

それでも渡利の感情はついていかないようだ。優しい性格なのだ。「そうだね」と力なく呟き、マンションの方へ歩いていく。

僕と久米井もまた少し遅れて、歩き始めた。

「大丈夫?」

途中久米井が小声で囁いた。

「疲れた顔をしているけれど」

指摘されて初めて自覚した。階段を下るたびに、身体全体にかかる重量が増すような感覚に苛《さいな》まれる。

「少しね」僕は首肯した。「昔の嫌な記憶を思い出しただけ」

渡利との会話中に過った母との思い出。思い起こすたびに、まるでバグのように身体が不具合を起こす。普段ならばゲーム制作に没頭し解消するが、今はそういう訳にもいかない。

久米井が不安そうに僕を覗き込んだ。

「無理しないで休んでね」

「うん、でも田貫への確認が済めば、もう終わりだから」

案外あっさり済むかもしれない。あえて楽観的な思考をする。

そう、たとえばこんな風に。血の付いたナイフを見せた時、田貫が笑いだす。「ごめん、落として怪我しちゃったの」と。僕たちが唖然としていると、クラス内のSNSが更新され、古林奏太を殺した犯人が捕まったことを知る。

それがいい、と僕は心の中で呟く。そうであってほしい。

しかし、その望みは儚《はかな》く消える。

田貫凜はマンションにおらず、午前零時を迎えても、そして、その翌朝になっても帰ってくることはなかった。

所持品は消え、彼女の存在がまるごとなくなっていた。

まるで僕たちの前からも失踪したかのように。

4章

同居生活中に何度か、深夜に田貫を見かけたことがある。

初めて見たのは、七月十一日。田貫が来て二日後。

就寝時は当然、男女で分かれる。居室のベッドは久米井が、押し入れは田貫が使う。リビングでは、テーブルを部屋の隅に置き、僕と渡利が就寝する。僕は安い寝袋を使う。家主として布団を使う権利はあったが、買ってきた寝袋が渡利の長身に合わず仕方なく譲った。

運動をしている渡利は寝つきがいい。消灯すると、すぐ寝息が聞こえてくる。

一方、僕は遅くまで起きていることが多かった。全員が寝静まった時間がもっともゲーム制作が捗る。幸い同部屋の渡利は、液晶画面の明かりとキーボードの打鍵音程度では全く起きない。心置きなく作業ができた。

作業に夢中になっていると、突然二つの部屋を仕切る扉が開いた。

飾り気のない黒いジャージを着た田貫が立っていた。彼女は僕と目が合うと、まずい瞬間を見られたかのように取り繕った。

「まだ起きてたんだ、堀口君。あ、わたしは水を飲みたくなって」

あからさまな言い訳だった。彼女は就寝時、萌黄色《もえぎ》のパジャマを着ているはずだ。わざわざジャージに着替える必要などない。

モニターに表示された時刻を確認する。

午前二時。かなり遅い時間だ。

「どこかへ出かける気だったの？　こんな深夜に」

そう尋ねると、田貫は誤魔化すことを諦めた。怒られた子どものような顔で肩を縮め、首を縦に振る。

「危ないよ。深夜に、女の子が一人なんて。この辺り、監視カメラもないんだよ」

「うん。それは、まぁ、そうなんだけどね」

田貫は、陰のある微笑を浮かべた。ただの散歩ではない。何かあるのだろう。彼女が昼間に寝ているのは、やはり夜に活動しなければならない事情があるからのようだ。

だが、このまま一人で行かせる訳にもいかない。

「……付き合うよ。キミが許してくれる範囲で」

控えめに提案すると、田貫は逡巡した後に頷いた。「じゃあお願い」

田貫は一度家に戻るらしい。

道交法違反と知りつつ、自転車の二人乗りを採用した。彼女を荷台に乗せ、僕が自転車を漕ぐ。上る時には汗だくになる坂道も、下りは一瞬だ。乗り慣れていない彼女は不安そうに僕の肩にしがみつき、乗せ慣れていない僕もまた渾身《こんしん》の力でブレーキを握り、できる限りゆっくり坂を下った。

狭い歩道では操縦が不安で、二車線の車道を走る。

後方から車がやってこないか心配で心臓がバクバク音を立てる。

運転に夢中でほとんど会話は交わさなかった。蒸し暑い夏の夜に、ブレーキを無視して加速し続ける自転車で感じる風が心地よかった。

坂道を下り終えると、安堵したせいか不思議と笑みが零れてきて、感想を言い合った。田貫も二人乗りは初めてらしい。

「よく押し入れでヘッドホン聞いているよね」

興奮が収まらないまま、自然と会話が弾んだ。田んぼに挟まれた小道を自転車で進んでいく。うるさいカエルの鳴き声にかき消されないよう、声を張った。

「田貫って何を聞いているの？　久米井と一緒で音楽？」

「海外のラジオだよ」

ずっと気になっていたことを尋ねると、田貫は間延びした声で答えてくれた。肩から手を外し、僕の腰に優しく腕を回している。

「ずーっとね、海外で働くことが夢なんだ。だからね、英語のお勉強」

「確かに英語が得意だったよな」

「子どもの頃ね、お祖母《ばあ》ちゃんが活けた花がね、ロサンゼルスの展示会で飾られて見に行ったんだ。ずーっと広がる街並みと日本とは違う空気が忘れられなくて、今も英語の勉強しているんだ。志望校は外語大かな」

突然語り出した田貫に違和感を抱いたが、自転車を漕ぎながら振り返ることはできない。小道には最低限の街灯しかなく、前を見ていなければ隣の田んぼに落ちかねなかった。

田貫の囁きが背中から届く。

「たまに言わないと、忘れちゃいそうだから」

その時、立派な門構えの家が見えてきた。田貫の家だ。外から見る限りでは、二階の照明もついていない。一階部分は門や庭木に遮られ、よく分からない。

家の手前で彼女は僕にブレーキをかけさせた。「ありがとね。ここまででいいよ」と自転車を降りる。

「本当に帰宅するの？」と僕は尋ねた。

「ほんの少し家の様子を見るだけ。多分、気づかれないよ」

ならばそんなに時間はかからないはずだ。「待っているよ」と提案する。

田貫は「待ってほしくないかな」とすまなそうに述べた。明確な拒絶だった。

やはり他人に家族の事情を知られたくないようだった。

せめて安全にマンションに戻れるよう、自転車を貸すことにした。田貫は頭を下げ、受け取る。

帰ろうとしたが、その一歩はなかなか踏み出せなかった。

田貫が動かない。まるで足から根が生えたように、家を眺めたまま帰宅しようとしない。躊躇《ちゅうちょ》しているのか。

「ねぇ」家から視線を外さないまま、田貫が言った。「堀口君って家族関係、良好？」

「良好じゃないよ」即答する。「じゃなきゃ一人暮らしなんかしない」

「それは人それぞれだと思うけどねぇ」

田貫は微かに頬を緩める。

まだ彼女は一歩を踏み出さない。数分ほど待ってみたが、微動だにせずただ立ち尽くしている。歩き方を忘れてしまったかのように。

ここで一人去る訳にもいかなかった。

「……これは僕個人の話だけど」

振り向いた田貫に伝える。

「僕にはバグがあるんだ。突発的に身体が動かせなくなる。まるでゲーム画面がフリーズするように、機能停止するんだ。恐いんだよ、世界が。生きることが。家族から悪意を向けられた瞬間から、僕はとても惨めな臆病者になったんだ」

朗らかに海外への夢を語った田貫の声を聞いた時、胸が苦しくなった。

きっと僕はどこにも行けない。予感がある。この矢萩町のマンションから出られずに、世界に怯えながら人生を消費していく。

「だから心の底から尊敬する。今も、家族と向き合おうとしているキミを」

嘘偽りのない本音だった。

田貫は一瞬唖然としたように目を見開いた後、息を吸い込んだ。

「ありがと」

彼女は玄関の方へ駆け出していく。郵便受けの裏から鍵を取り出すと、音を出さないよう慎重に使い、家へ入っていった。

そこまで見届けて、僕は長い坂道を再び戻ることにした。

その日以降も僕は時折、深夜に起きる田貫を見た。

僕から自転車の鍵と非常時のためにスマホを借りて、彼女はそっとマンションの部屋から抜け出していく。決まって夜遅くになってから。

彼女はしっかり翌朝には戻ってくる。

毎朝、押し入れの中から聞こえる微かな寝息を聞き、僕は胸を撫で下ろしていた。

・・・

田貫凜がマンションに戻らなかった翌朝、僕は普段通りに登校した。

本当はサボりたいくらいだが、今そんな真似《まね》をすれば僕まで失踪扱いされかねない。万が一にも家庭訪問されれば、久米井たちが見つかってしまう。事件と無関係を装うためにも、平凡な生徒でいることに徹するべきだった。

教室では毎朝恒例の情報交換会が開かれていた。

ある生徒は不安そうに眉をひそめ、ある生徒は楽しそうに口元を曲げて、真偽不確かな噂を囁き合っている。渡利と田貫が失踪して以来、毎日見られる光景。

しかし、この交換会にも大きな変化が生まれていた。

――教室の中心人物、古林奏太の姿がない。

議論をまとめる者が不在のまま、三、四人のグループが教室のあちらこちらに生まれている。まるで離れ小島のように。彼が消えた二年A組の教室は核を欠いたように、どこか歪《いびつ》で物寂しかった。

自分の席に辿り着くと、近くの会話に耳を傾けた。

「やっぱり怪しいのは渡利なんじゃない？　バスケ部、状況がヤバかったらしいよ」「マジ？　優しそうだけど」「家がヤバいんだって」「あー、確かにいつも持ち物がボロかったもんね」「ね。そういえば、ってなるよね」「バイトはしてたっけ？」「んー？　生活保護を受けてたらしいよ。中学時代の友達が言ってた」

耳を塞ぎたくなる。

渡利、田貫、久米井の三人が古林奏太を殺した容疑者のように扱われ、彼らの個人情報を晒すことに躊躇がなくなっている。誹謗《ひぼう》中傷や粗雑な議論を止める古林奏太がいなくなった影響かもしれない。

「この動画、見た？」「なにそれ？　URL送って？」「あ、お前のID知らんかも」「グループにいるから捜せよ。面倒ならそのまま貼れ」「やべぇよ。うちの高校、取り上げられてんの」

男子同士のじゃれ合うような会話の後、SNSの通知が届いた。

嫌な予感を抱きつつ、スマホを取り出した。貼られたURLには、世界一有名な動画サイトが表示されている。

【闇が深すぎる――矢萩町立高校連続失踪事件①】

身体がぞっと冷えた。

ワイヤレスイヤホンを付け、二倍速で内容を確認してみる。事件の概要が、物々しいBGMと共に語られる。一人消え、二人、三人と消え、そして四人目は遺体で見つかった。

投稿主は〈プッシャー・チャンネル〉という名らしい。矢萩町立高校の写真を背景に、音声合成ソフトの機械的な声が流れる。

再生数は十万に達していた。
詳しそうな人物にすぐメッセージを送った。
《なぁ、葉本。一個教えてほしいことがある》
葉本卓の姿は二年A組の教室にはなかった。まだ登校していないようだ。レスポンスだけは素早かった。
《突然どうした？》
《なんでこんな動画の再生数が伸びているんだ？　広告でも打っているのか？》
葉本はネット上の流行にも敏感だった。
《動画が伸びるのは必然かな。陰謀論系のチャンネルはもともと、ネットでは根強いコンテンツなんだよ。アメリカ大統領選挙の偽装工作から、在日外国人と政治家の関係。どんなものでも裏があるって信じる奴らは多くいる》
《古林の件もその一つになったのか？》
《連続失踪事件なんてそうそう起きねぇからな。まとめブログやSNSで話題になったから。昨日投稿された時点でコレだから、もっと伸びるんじゃねぇか？》
改めて動画を確認する。チャンネルの登録者は既に数千人もいる。この事件を取り上げるために新たに作られたチャンネルらしい。

動画の最後では、事件の憶測が語られていた。

【警察は現在、二つの可能性を検討しているという。①失踪した高校生が既に全員、殺されている可能性。②失踪した高校生が共謀して、四人目の高校生を殺した可能性。なんにせよ、事件の闇は深い。当チャンネルでは今後も――】

僕は動画を止めた。

これ以上は聞いていられず、再度メッセージを送る。

《なぜ警察内部の情報を知っているんだ？》

《十中八九デマだろ。SNSで勝つのは、真実じゃなくて強烈な言葉だ。最低限「という」「情報筋によれば」とか付けていれば、まだ良心的》

《無茶苦茶だ》

《それでも再生数は伸びる。関連動画の欄から、この手のアングラな事件や陰謀論系が好きな奴を引っ張り込むんだ》

サイトの下には『関連動画』と銘打って、陰謀論やスキャンダルを取り上げる動画が並んで表示されている。政治家や芸能人の不倫、失言、不仲疑惑。企業が炎上した経緯の説明、SNSのフェミニストやミソジニストの発言を嘲笑するもの。

その一つを再生してみた。

かつての地下アイドルの炎上事件が取り沙汰されている。『某有名アイドルへ嫌がらせを繰り返した悪辣アイドル・反町《そりまち》イクネ』というタイトルだ。とあるドキュメンタリー番組で見せたアイドルの悪辣な行為と、それが炎上する過程が語られる。

胸糞《むなくそ》が悪くて、イヤホンを耳から外した。

古林の死亡が、久米井たちの失踪と結びつけられ、センセーショナルに扱われていた。ただの家出が、最悪の展開だった。

音を聞かないまま、先ほどの動画だけを確認する。

強烈な文字色と心を煽《あお》る文章に、微かな引っ掛かりを覚えた。

まだ久米井たちの個人情報は晒されていないが、今後どうなるのかは分からない。

新たな問題が浮かび上がってきた。

放課後はできるだけ急いでマンションに戻った。

居室では渡利がタブレット端末を手にして座り、リビングでは久米井が手元にコーヒーカップを置き、パソコンの前で険しい顔つきをしていた。

普段ならば押し入れで寝ている少女の姿はない。

「田貫はまだ帰ってないよ」

先んじて久米井が教えてくれた。

覚悟はしていたが、やはり身体が重たくなるような落胆を抱く。

あの夜から、突如として田貫凜が部屋から消えた。所持品も全て持ち去られている。

どこへ消えたのか、見当もつかない。

僕は荷物を置きながら、教室での出来事を伝えた。

田貫が帰宅したという情報はなかったこと、失踪者は今もなお容疑者扱いされていること、残念ながら渡利が筆頭であること、陰謀を煽るようなバカバカしい動画がネットに流れていること。

語り終えると、久米井は「動画は私たちも見たよ」と言った。

渡利と共に浮かない顔をしている。二人にとってもショックだったらしい。

「苦しい状況になってきたね」

僕はリビングテーブルにもたれた。

「やっぱり、これ以上失踪生活を続けるのは危険なんじゃないか。キミたちの個人情報が晒されかねない。殺人事件の捜査をいたずらに乱す真似はしたくない」

僕たちを追い詰めている要因は一つ。

――今もなお、古林奏太を殺した犯人が逮捕されないこと。

一時間ごとにネットニュースを確認しているが、続報は入らない。警察の動きも全く分からず、ただ時間だけが流れ、真偽不明な噂だけが広がっていく。

犯人が逮捕されてくれれば、どれほど安堵できるか。

だが犯人が捕まらない以上、田貫を疑うしかない。今のところ、血の付いたナイフについて久米井や渡利が知らないなら、田貫が関わっている可能性は高い。そして今現在失踪している事実も怪しい。僕が調べていることに気づき、恐れたのか。

現状、田貫犯人説が俄然《がぜん》、濃厚になっていた。

渡利が自信なげに眉をひそめた。

「まずは田貫から事情を聞くっていうのは無理かな？」

「そうするつもりだったけど行方が分からない以上、不可能だ」

彼女を自力で見つけるのは難しいだろう。居所に心当たりもない。空き家率が年々増加している矢萩町には、人の目を盗んで潜める場所はいくらでもある。使われていない農業用倉庫だけでも十や百じゃ利かないはずだ。

そもそも簡単に見つけられるなら、こんな失踪生活が成り立っていない。

苦渋の末に告げる。

「僕は警察に相談するべきだと思う」

「本気？」渡利が静かに問い返す。

「本気だ。僕たちの持つ情報さえ伝えれば、警察が保護してくれるかもしれない。万が一にも田貫が野宿でもしていれば、別の犯罪に巻き込まれるかもしれない」

田貫にはもともと自衛意識が欠ける部分があった。女子高生が真夜中に出歩くだけでも危ないのに、毎日のように外出を繰り返していた。

「二人には悪いと思う。でも、それが一番だ」

言い切ると、案の定、渡利と久米井は不安そうに顔を歪めた。

容疑者扱いされた教室に戻ることに抵抗があるのだろう。特に久米井の問題が解決されたのかは、よく分かっていない。

久米井は長く伸びた前髪に触れる。

「それは正論だけど、もう少しだけ待たない？」

奥歯に物が挟まったような言い方だった。

僕と渡利がじっと久米井を見つめ続けると、彼女は黒く澄んだ瞳を向けてきた。

「まだ田貫が犯人という確たる証拠はないよね。事情があるんだと思う。なら、警察より前に、彼女のことを知るべきじゃないかな？」

「……具体的には？」

「スマホを回収するのはどうかな？　絶対に個人情報があるでしょ」

久米井が言ったセリフに思わず目を見開いた。間違ったことは言っていないが、かなり大胆な発言だった。

失踪前みんなに、居場所が辿られてしまうためスマホは家に置いてくるよう強く伝えてあった。スマホは田貫の家にあるはずだ。

久米井は迷いのない声で言った。

「田貫の家に忍び込もう」


夜十時を迎えた頃、久米井と二人で田貫の家へ向かった。

何度見ても立派な日本家屋だった。母屋、離れ、物置とコの字を描くように配置されている。庭には立派な松の木が生えている。

これから勝手に忍び込むという。

一見無茶苦茶なアイデアだが、実のところ、そう悪いものではない。田貫が時折、深夜に帰宅していることは分かっている。その際、家族と遭遇してはいないはずだ。ならば僕たちが深夜に侵入し、見つからずにスマホを回収することも可能だろう。

ちなみに渡利には留守番をさせている。田貫が戻ってくる可能性があるからだ。

「これは田貫から聞いたんだけど」

向かう途中に久米井から補足があった。

「彼女は一人っ子なんだって。父は海外に単身赴任している。母は萩中市の弁当工場で夜勤なんだって」

心強い情報だった。

引き戸の前に着くと、田貫がそうしたように郵便受けの裏から鍵を取り出した。念入りに聞き耳を立てるが物音は聞こえない。勇気を出し、鍵穴に差し込む。

その時、引き戸の隣に掲げられた表札が目に留まった。

『田貫』の下に名前が刻まれていた。時枝《ときえ》、甚八《じんぱち》、裕子《ゆうこ》、凜と四名。

引き戸にかけた手を止める。

「田貫は四人家族みたいだぞ」

家にはおそらく時枝さん――祖母がいるかもしれない。

鉢合わせするリスクはある。

「さっさと済まそう」久米井が口にした。「スマホさえ回収すればいいんだから」

その通りだ。完全に泥棒だが、元より覚悟の上だ。

音を立てないよう、引き戸を開く。玄関には写真が飾られていた。活《い》け花《ばな》と、その隣に佇む品の良い高齢の女性。田貫の祖母、田貫時枝さんか。

ふいに、刺激臭がして咄嗟に鼻を押さえた。

——人糞《じんぷん》のような臭い。

僕と久米井は同時に顔を見合わせた。

生活に支障をきたすレベルの臭いが家中に充満している。むせかえりそうになるのを必死に堪えた。慣れるには時間がかかりそうだ。

田貫の家はどんな問題を抱えているんだ？

そういえば、あの夜田貫は僕を絶対に家に上げようとはしなかった——この臭いを隠していたのか。

「ねぇ見て」久米井が僕の服を摘まんだ。「あの部屋、照明ついてる」

彼女が指を差した方向には、長い廊下があり、その奥の部屋から薄く光が漏れていた。外からでは気づかなかった。田貫の祖母、時枝さんがいるらしい。

悪臭はその部屋から漂っているようだった。

冷たい汗が背中を伝う。薄々気づき始めている。あの部屋に行くには覚悟が必要だ。

「どうする？」久米井が囁くように尋ねてくる。

「どうするって」僕は首を横に振る。「さっさと済まそうって久米井が言ったばかりじゃないか。寄り道すべきじゃない」

「でも放っておけないよ」

久米井の声は力強かった。

前髪の隙間から覗く瞳は、ハッキリとした使命感に満ちている。彼女も薄々、事態を把握しているようだった。

おそらくあの部屋に田貫の秘密が隠されている。

確かに家探しをするより、あの部屋を一目見る方がずっと分かりやすそうだ。

「分かった」僕は頷いた。「できるだけのことはしよう」

息を止め、プラスチックの手すりが取り付けられた廊下を進む。

突き当たりに照明がついた部屋があった。扉の明かり取りからオレンジ色の光が漏れている。

おそるおそるノックをする。返事はない。

扉にかかっていた錠を久米井が開けた。息を呑み入室する。

和室の中央には、白髪の老女が横たわっていた。

枕元が昇降する介護用ベッドに寝ている。二十度ほど傾けられたベッドで、老女は柔らかい優しげな目を僕たちに向けていた。

彼女が田貫時枝さんだろう。ぼんやりとした瞳で僕たちを見つめている。

「……裕子さん？」

幸い、視力は弱まっているらしい。

すかさず久米井が一歩前に出た。

「ごめんください」彼女がマスクを外し、朗らかな笑顔で誤魔化した。「ヘルパーのものです。田貫裕子さんに頼まれてきました」

嘘だった。突然叫ばれなかったことに安堵する。

高鳴る心臓の鼓動を感じながら、返答を待つ。

「………いつもありがとうございます。こんなところまで」

小さく時枝さんは口にした。

ほっと胸を撫で下ろす。

田貫時枝さんは認知症がかなり進んでいるようだ。久米井の嘘にも、彼女は疑うこともなく「はい、はい」と答えるだけだった。

その声はどこか微睡《まどろ》んでいるようで、寝言のようでもあった。

悪臭は彼女の腰元から漂っているようだった。服に染みた汚物が確認できる。家に広がった臭いから、長時間放置されていたのだろう、と察する。

「やろう」と小さく久米井が言い、僕も「そうだな」と返した。

田貫の祖母をこの状態で放置する訳にはいかない。

二人で協力して介助を行う。

まず水を飲ませようと思ったが、それだけでもひと手間だった。水の入ったグラスを口元に運ぶが、大半は零れて襟の辺りを濡らしてしまう。

次に身体を拭く工程に入る。僕が時枝さんの身体を抱きかかえるように持ち上げ、久米井が服を脱がしていく。着替えやすいようにボタンで着脱できる構造だったが、久米井が手間取ったので、腕が攣《つ》りそうになった。

上着を脱がせたところで、僕は、久米井が用意してくれたお湯とタオルで拭ける箇所を拭いた。時枝さんは表情を緩め「ありがとうございます」と繰り返し口にする。皺が寄った背中を優しく撫でる。なぜか胸が苦しくなった。

拭き終わったタオルをまとめ、後は久米井に託した。ここからは時枝さんの下着とオムツを脱がさなくてはならない。排泄物《はいせつぶつ》で汚れた局部を拭くのは異性の僕がやっていいか躊躇《ためら》われた。

「任せてね」と久米井は真剣な表情で口にした。

僕は時枝さんの汚物がついた服を抱え、水場を捜した。洗濯機を回したかったが、僕たちが訪れた痕跡を残す訳にもいかない。

台所を見つけて汚れた箇所だけ念入りに洗い終えると、痺《しび》れるような腕の疲れを感じた。四十キロか五十キロか、それだけの重量を持ち上げていたのだ。物と違い雑には扱えない。かなりの重労働だ。田貫はこれだけのことをやっていたのか。

すぐ服を乾かしたくてアイロンを捜す。どこの部屋にあるのか。当てずっぽうで適当な扉を開け、手探りで照明を点《つ》けた。

「堀口、終わったよ」

そのタイミングで久米井に後ろから声をかけられた。

僕は「うん」と答えた。「じゃあ、服着せないとね」

「もうやっておいた。新しい服、部屋にあったから」

「え、一人でやったの？」

「あぁ、うん。ダメだった？」

「あ、いや素人だし二人でやった方がよかったかも。介護中に転倒したりお風呂で溺れることもあるって、ニュースを見たことあるから」

そう伝えると、久米井はすまなそうに顔を伏せる。

「ん？」そこで久米井が眉をひそめた。「なに、その部屋」

僕が入ろうとしたのは、淡緑色のカーペットが敷かれた寝室だった。隅には学習机が置かれており、見覚えのある教科書が並んでいた。

田貫の私室だろう。

たまたま辿り着いたようだ。久米井と入っていく。

学習机には、英語の参考書が積まれていた。小学生の教材から大学受験用のものまである。英会話のCDも並べられていた。ずっと勉強をしてきたのだろう。飾られているガラス細工は海外のお土産だろうか。

机の端に充電器に刺さったままのスマホを見つけた。彼女が消えた重要なヒントがここにあるかもしれない。何の気なしに取ろうとし、机の端にあったファイルケースが床に落ちた。書類が滑るように広がる。

「ちょっと」久米井に尖った声で注意され、慌てて片付ける。見覚えのあるテスト用紙があった。一年の学期末テストや二年の中間テスト。田貫は定期テストの解答用紙を几帳面に保管しているようだ。

——現代文「34」

見てはいけないと思うが、他のテスト用紙にも目がいってしまう。

——数学B「29」世界史「46」古文「23」英語「82」生物「27」

並んでいる定期テストの点数。矢萩町立高校のテストは、どの教科も平均点が70点前後に留まるよう作られている。英語以外、赤点ばかりだ。

久米井も息を呑み、撫でるように触れる。思い出したように丁寧にテスト用紙をかき集め、ファイルケースに戻した。

スマホの電源を入れる。

幸いロックはかかっていなかった。メニュー画面には、カラフルなアプリのアイコンが並ぶ。その一つに日記アプリがあった。久米井の指先が迷うことなく起動させる。

日記は毎日書かれてはおらず、飛ばし飛ばしに記されている。最近書かれた、今年の六月のものから遡っていく。

『6／16　もう疲れた、介護。むりだ。』

『5／23　中間テストの結果が出た。成績は下がる一方。』

『5／19　特別養護老人ホームから祖母が追い出された。職員を引っ掻いてしまったらしい。入居できたのは一週間だけだ。ようやく空きが出た施設だったのに。お祖母ちゃんは、知らないベッドで寝るのが恐いと訴えた。他に空いた施設はない。』

『4／23　寝不足で頭が回らない。黒いものを吐く夢を見た。お祖母ちゃんが泣きながら、私を呼ぶ声で目が覚めた。朝の四時だった。夢のままがよかった。』

『4／20　私の状況を聞いて、奏太は引いていた。その反応が哀しかった。』

『4／14　新学期が始まった直後、担任と面談を行い、祖母のことを伝えた。「偉いね」と褒められて、気が抜けた。評価されたい訳じゃない。「偉い」とか「辛い」とか「尊い」じゃなく、受け入れるしかない現実なのだ。「偉いね」と百回褒められても何も報われない。どこにも辿り着けない。でも、なんと言われたかったのだろう？』

『3／13　お祖母ちゃんがお母さんに愚痴を吐く声が聞こえてきた。祖母のオムツを替え忘れた後だ。「凜は私を殺そうとしている」と嘆いている。耳を塞いだ。』

『3／4　週に二度来るヘルパーさんがお祖母ちゃんの世話をして帰っていく。その背中を見ながら、「私を支えてくれる人ではないんだな」と思う。』

『2／21　友達と話が合わないのが辛い。休日も平日も、私に空いている時間はない。話しても引かれるから、話さない。負けたくないと強く唇を噛んだ。噛んだ唇が見えないよう、教室の席で腕枕をしながら私は、負けたくない、と繰り返し祈った。』

『1／4　お正月、もう親戚は誰も来なくなった。お父さんも来ない。見捨てられたんだな、私。』

スマホに雫《しずく》が落ちた。

久米井が目に涙を溜めたまま、スマホを見つめている。

僕もまた熱くなる目頭を必死に押さえていた。

何も理解できていなかったことを思い知らされる。田貫が陥っていた境遇も、どんな気持ちで僕のマンションに逃げ込んだのかも。

急き立てられるようにページをめくる。


『12／3　またお祖母ちゃんが深夜に歩き回った。やっぱり夜は寝れない。』


その時、廊下の方で足音がした。

思い出す。時枝さんの部屋は外から鍵がかけられていた。つまり出歩かないように軟禁されているのだ。

嫌な予感と共に駆け出した。

玄関では時枝さんが手すりに掴まり、素足のまま外に出ようとしていた。

「ダメですよ、戻ってください」

扉の前に立ち塞がり、彼女の手をそっと握った。

時枝さんは困ったように顔を歪めた。

「……ごめんなさい、あの子が泣いているんです……昔から暗いところが苦手で……

迎えに行ってあげないと……」

時枝さんはよく分からない譫言《うわごと》を繰り返している。

「部屋に戻ってください」

僕は振り絞るように口にした。

だが時枝さんの意志は変わらない。「お願いします、どうか」と呟き、僕の横を通り抜けようとしてくる。僕は振る舞い方が分からず、中途半端に腕で遮る。すると時枝さんが爪を立ててきた。引っ掻かれる。腕に赤い線が生まれる。

久米井が時枝さんの肩を叩き「まずはお水を飲みましょう」と気を逸らそうとする。

しかし、無視されて終わる。

時枝さんは譫言のように「どいてください……あの子が……」と口にし、扉に腕を伸ばす。最愛の人と引き離されたような悲痛な声だった。

まるで僕たちの方が悪者のようで胸が苦しくなる。

「田貫凜さんは、迷っていました――」

気づけば言葉が漏れていた。

「失踪する時、失踪した後も、最後の最後まで迷っていました。時枝さんのことが心配だから。お祖母ちゃんのことが大好きなんですよ。分かりますよ」

田貫が作る料理は常に美味しかった。柔らかい食感は祖母に喜んでもらえるよう、努力した結果だったはずだ。

「素晴らしくて尊敬します。とてもできた、お孫さんだと思います。そして凜さんに愛される、時枝さんもまた、素敵なお祖母ちゃんなんでしょう」

かつて田貫は語ってくれた。

彼女が海外に憧れるようになったキッカケは、祖母の活け花を見るために訪れたロサンゼルスだ。彼女の人生にとって、祖母は大きな存在だ。それは間違いない。

時枝さんの人格を、何一つ否定する気はないけれど――。

「でも……出歩いちゃダメなんです。アナタが出てしまえば、凜さんが捜さなきゃいけないんです。朝まで付きっ切りで支えなくちゃいけないんです……！　だから凜さんは昼間、眠ってばかりなんですよ……！」

言葉を一気に吐き出した後、呼吸を整える必要があった。

正しい行動ではなかった。時枝さんには何の悪意もない。強い言葉をぶつけるのは、相手の脳を萎縮させ、認知症に逆効果と聞いたことがある。頭にあったはずの知識は、目の前の現実に容易《たやす》くかき消されてしまう。

ほんの少しでも田貫の心が伝わってほしい。縋《すが》るような心地で時枝さんを見た。

「……凜」

時枝さんは首を傾《かし》げている。

「あの、それは、一体どなたでしょうか……？」

純粋な疑問符に、足から力が抜けた。ただの質問がこうも残酷に響くのか。口の中に、えぐみが広がっていく。

我に返ったのは、背後で何かが落ちる音が聞こえたからだ。

「田貫……」

久米井のか細い声が聞こえた。

振り返ると、泣きそうな顔をした田貫凜が力が抜けたように肩からリュックをずり落とし、哀しげに佇んでいた。

田貫は慣れたように時枝さんを部屋に戻し、寝かしつけた。祖母が眠ったのを確認し、彼女は震える指先で部屋の鍵を外から締め、静かに家を去る。閉じ込める行為は虐待なのだろうか。しかし時枝さんの身の安全を守るためには他に方法がない。

「田貫……」

家から出たところで、久米井が田貫の首に腕を回した。力強くぐっと引き寄せる。

「今までどこにいたの？　本当に心配したよ」

「だからって家に忍び込んで、初対面のお祖母ちゃんを介護する？　大胆だなぁ」

田貫は困ったように首を傾げ、久米井の肩を叩いた。

かなり軽率だったことは否めないが、説教されている場合ではない。

僕は久米井に一度落ち着くよう言い田貫から離れさせる。

「田貫、ゆっくり話してくれないか？　飛び出した理由含めて、これまでのこと全部」

久米井は田貫から離れ、恥ずかしそうに俯いた。

田貫は「うん、そうだね」と頷き、帰路を辿りながら説明してくれた。

もともと時枝さんは、元気な祖母だったらしい。華道の師範であり、孫である田貫にも指導してくれた。玄関に飾られていた生け花の写真は、当時の作品だ。

認知症が進んだのは三年前からだという。祖父が亡くなった時から一気に進行した。症状は簡単な物忘れから始まり、スーパーで同じ商品を何個も買ってくるようになった。症状を自覚すると、それがショックで塞ぎ込む。外出が減ると症状は更に悪化し、やがて深夜徘徊《はいかい》が始まった。田貫が高校一年生の頃だった。

母親は夜勤の仕事をしている。夜に出歩いてしまう祖母を連れ戻すのは、田貫の役目だった。

無理やり止めれば、パニックになってしまう。毎晩のように出かけようとする祖母を呼び止め、気が落ち着くまで話し相手となる。ここ最近は身体が衰え、入浴するにも介助が必要な状態だったが、それでも時折震える脚で徘徊する。

田貫は自然と朝まで起きているようになった。

支えられるのが彼女しかいないからだ。

介護という重労働をたった一人の少女が担う——いわゆるヤングケアラーだ。

ただ田貫には、一人だけ事情を知ってくれている人がいたという。

それが古林奏太だった。

「奏太はよく手伝いにきてくれたんだ。幼い頃、よくお祖母ちゃんと遊んでいたからね。きっと恩返しだったんだと思う」

古林奏太と田貫凜は親同士が仲が良く、幼少期から親しかったという。そして多くの異性の幼馴染がそうであるように、思春期を迎えると自然と距離が生まれ、あまり話すこともなくなった。

両者が再び、会話を交わすようになった契機は時枝さんの介護だった。

日に日に憔悴《しょうすい》していく田貫凜のことを、彼は見逃さなかった。

「古林らしいな」一度相槌を打った。

きっと田貫を見捨てておけなかったのだろう。

思えば、僕が初めて田貫の家を訪れた時、田貫が乗っていた自転車とは別に、学校指定のシールが貼られた自転車が停められていた。アレは古林のものだったのか。

「そうだね、奏太は立派だった。でもね、真面目すぎたんだよ」

田貫は残念そうに首を横に振った。

「次第に奏太自身も疲弊しちゃったんだよ。お祖母ちゃん、身内には声を荒らげる時もあったから。多分、奏太の方がメンタルをやられていたと思う……奏太の名前も思い出せなくなっていたから」

「もしかして」久米井が口を挟んだ。「渡利の首を絞めたのも……」

「八つ当たりだろうね。よく奏太は言っていたよ。もっと国や町が福祉に金をかければ、老人ホームも増えるのにって」

やりきれない心地になる。

介護のストレスが生活保護を受けている渡利に対する怒りに変わったのか。苛立ちを向ける矛先が定められずに。

「本当に先が見えなかったんだよ……っ」

次第に田貫の声に熱が籠ってくる。

「やっと入所できた施設も追い出されて……支えられるのはわたしだけだから、毎晩付き添って、朝には頑張って学校に行くけど、眠くて勉強どころじゃなかった……。どんどん夢から遠ざかっていくのに……！　それでも全然楽にならないの……っ！」

苦しそうに田貫は告白する。

「――気づいたらね、お祖母ちゃんのこと、叩いちゃったんだ」

僕は絶句する。久米井も息を呑んでいた。

田貫は自嘲するように口元を歪めた。

「不思議だよね。大好きだったのに」

彼女は語ってくれた。

六月の終わり、外語大を目指して受験勉強をしていた夜、祖母の徘徊が始まった。夜中の三時に玄関から出ようとする彼女を止めた時、祖母が自分の名を忘れていることに気づいた。衝動的に手を振り上げてしまった。

この家を出なければ、と田貫は考えた。自身と祖母を守るために。

僕からの提案があったのはちょうどその頃だった。

「でも、もう限界かなぁ」

田貫は夜空を仰ぎながら自嘲気味に笑った。

「わたしが帰らないと、お祖母ちゃんが可哀想《かわいそう》だからね。堀口君のマンションから出たのは、このままじゃダメだ、と思ったからなんだ」

拳を握りしめる。

ずっと介護に専念していた娘が家出をし、夜勤の田貫の母が取った苦肉の策が、部屋の外から鍵をかけ、時枝さんを軟禁することだったんだろう。

これ以上、田貫を泊める訳にはいかない。

しかし、どんな言葉をかければいいのか。

「田貫……」久米井が労《いた》わるような声をあげた。「本当にいいの？　今家に戻ってもアナタはあと何年もずっと――」

続く言葉は風に吹かれて、消えていく。

後どれだけの年月、彼女は介護に費やさねばならないのか。夜間は祖母の世話に費やし、昼間、学校で眠り続ける彼女が夢を叶《かな》えられる未来が見えない。

「久米井さん」田貫が笑いかけた。「ちょっと堀口君と二人きりにさせて。最後の挨拶がしたいんだ」

一瞬、久米井は僕の顔を見た。何かを納得したように頷き、腕を叩いてきた。そして田貫の正面に立ち、まっすぐに視線を向ける。

「こんなタイミングで、とても酷い質問かもしれないけれど」

「何？」

「古林を殺したのは、田貫じゃないよね？」

田貫の表情は微動だにしなかった。

「違うよ。だって理由がないでしょ？」

その通りだ。介護を手伝ってくれた古林を、田貫が殺すメリットはない。

「うん、そうだよね。ありがとう」

久米井は手を振って、マンションまでの道を駆けていった。

・・・

僕と田貫は遠回りの道を進み、会話を重ねた。

カエルの鳴き声が止《や》まない田んぼの道をゆっくり歩く。隣に流れる国道の光がなければ、泥に落ちてしまうような月のない夜だった。

「堀口君は凄いよねぇ、海外のファンもいるんだもんね。英語、雑すぎるのにね」

「……不得意なんだよ。英語は」

「プレイして笑っちゃったよ。翻訳サイトをコピペしただけでしょ」

「いいんだよ。最悪『攻撃する』『逃げる』『アイテム』さえ伝われば十分」

「ふぅん、そんなものなんだ」

「逆に海外のインディーズゲームも遊んでみると面白いよ。グラフィックが、日本と違って、リアル寄りでグロテスクなんだ」

「文化の差なのかな。アメリカのカートゥーンアニメとか流血だらけだもん」

「……アニメは、あんまり見たことないかも」

「そう？　なら今度オススメを教えてあげる」

僕は田貫と時折袖が擦れるほどに近づき、意味もない会話を重ね続ける。一ヶ月前までは、教室で一言も交わさない関係だったのに。ここ二週間ほど、夢にも思わなかったことばかりが起きている。

「最後の挨拶」と田貫は言ったが、なかなか切り出す様子はなかった。僕の方からは何も言わない。そうすれば、田貫との間にある、繊細に積み上げられたような何かが崩れてしまう気がした。互いの距離を測るように、他愛もない雑談を続けた。

視界の先でトラックが勢いよく坂道を上っていく。

そっと身を隠し、トラックを見つめながら田貫は口にした。

「わたしは、どこまで行けるかなぁ」

坂道を上り、〈ドリームキャッスル〉の隣を過ぎれば、やがて高速道路へ通じる。トンネルをいくつも抜ければ、名古屋に辿り着ける。そこから東京にも大阪にも向かうことができる。

遠ざかるトラックが、田貫の感情をかき乱したのかもしれない。

「多分あっという間に時が流れると思うんだ。進学も就職もできず、いつの間にか、二十歳、二十五歳かも、三十歳かもしれない。そこでようやく人生が始まるんだけど、資格も職歴も学歴もないわたしが、何になれるんだろうね？」

彼女は空を見上げる。

「つら」

二文字の言葉が心に強く響いた。

「老人ホームはまだ空きがないのか？」

「無理だよ、どこも手一杯」

分かり切った答えが返ってくる。田貫の日記の通りだ。矢萩町の高齢化率は全国平均を大きく上回っている。ヘルパーや老人ホームの枠は奪い合いだ。

五年後には消える町——そこに生きる僕たちの現実だった。

「そりゃさ、県中を探せばないこともないだろうけどさ、そういう場所はどこも費用が高額で、ウチじゃ払えないよ」

「そうか……」

「まぁ仕方ないよね。お祖母ちゃんのこと、大好きだもん」

明るい田貫の笑顔を見て、泣きたくなってきた。

「わたしは明日帰るよ」田貫は足を止めた。「あの押し入れから出て行かないと」

僕もまた立ち止まり、坂の中腹で彼女と向き合う。

くしゃくしゃと天然パーマの髪を手櫛《てぐし》で梳《と》かし、田貫は一度唇を引き結んでから言った。

「堀口君、ありがとう。何日も家に泊めてくれて、とても嬉しかったです」

鳩尾《みぞおち》辺りがずっしりと重くなる。

黙っていられなかった。

「なぁ田貫」思うがままに告げていた。「僕も手伝えないか？　古林のように、少しでもキミの負担が軽くなるように、今後は」

「ダメだよ」田貫が僕の言葉を止めた。「堀口君はゲームを作るんでしょ?」

「それは……」

「介護の仕事はね、立派で尊いけど、大変なんだよ。腰も悪くするし、だからって特別なスキルが身に付く訳じゃない。堀口君も奏太のように疲れ果てるだけ」

優しく諭され、自身の無計画さを恥じる。週に何度も時間を割けるはずもない。万が一怪我をさせた場合には責任も取れない。

偽善。彼女の祖母の介護のために、人生を捧げる覚悟などできない。

俯いていると、田貫が優しく言葉をかけてくれた。

「堀口君は、ゲームクリエイターになるんじゃないの?」

「え、僕はまだ……」

意外そうに田貫は目を見開いていた。

「あ、そうなんだ。てっきり専門学校に行くか、個人事業主になるのかなって思ってた」

ゲーム制作に没頭する僕を見て、そう思ったらしい。

進路なんて何も決まっていなかった。将来ゲーム会社に就職できる社交性もなかったし、個人制作で一生食っていく覚悟もない。

この町から出て行けないと思う、と以前彼女に伝えた言葉は嘘ではなかった。

しかし、否定する言葉が喉元でつっかえる。込み上げてくる感情を無駄にしたくなかった。身体の底の奥深くから強い熱が湧いてきた。「いや違う」と首を横に振った。

「僕はこれからもゲームを作るよ。田貫が、キミのように苦しむ人が、どんな時でも楽しめるようなゲームを作りたい。そう思った、強く。たった今」

衝動だった。田貫の窮状に接し、溢れ出たもの。僕が彼女のためにできることは他にない。心地よい娯楽を作り出すこと。たとえ一日十分でも、どんな状況であろうと、心が躍るようなものを与えたい。

自分のためだけじゃない。誰かに捧げるためにゲームを生み出してみたい。

ようやく地に足がついたような感覚があった。

「こんなこと唐突に言われても、意味分からないと思うけれど」

「大丈夫、伝わった」

田貫は口元を緩め、はにかんだ。

「応援するね、堀口君の夢」

・・・

かつて母から伝えられた言葉が、呪いのように忘れられない。

——『死んでほしい』

七年前の記憶はあやふやで、断片だけが頭に散らばっている。

思い出の中の母は常に怒り散らしていた。テレビやスマホに向かって怒鳴ることもあれば、飲酒中にどこかにいる幻に向かって罵声を浴びせることもあった。その矛先が自分に向いたのは、いつだったか。

強くビンタされた時、母は怯えたような目で僕を見て、頬の腫れが引くまで部屋から出るなと命じた。言いつけは守った。学校にも行かなかった。しかし来客があって、動かない母の代わりに対応をした時、叱責を受け強く腹を蹴られた。鈍い腹痛が続き、身体が火照る状況が何日も続いた。

七月だった。母は大型犬用のケージをどこからか持ってきた。僕はそこに囚《とら》われ、外から南京錠をかけられた。両脚を折りたたまねば寝られなかった。

檻《おり》での生活は続いた。

途中、学校の友人がやってきた。母親は、博樹は病気だ、と追い返した。学校の先生は何度もやってきた。母親は、博樹は病気で人と会う気力もない、と追い返した。他にも多くの大人が僕に会いにやってきた。母親は、博樹は病気療養のために実家で過ごしている、と追い払った。

僕はずっと部屋にいた。来客がいる扉のほんの五メートル先で飢えていた。

ここにいるよ、と叫びたかった。

僕はここにいる。鉄製の檻に囚われ、痩せ細り、オムツを穿《は》かされて満足に排泄もできないまま蹲っている。痩せ細っていく腕を見ながら震えている。何も食べさせてくれない。まるで牢屋だ。甘い香りのするティッシュペーパーを檻に入れられ、口に詰め込んで飲み込めずに吐き出す僕を見て、母さんは笑うんだ。

母さんがエアコンを切って仕事に出かけると、部屋はどんどん暑くなる。ねぇ檻内の飲料水がなくなった時、僕はどうすると思う？　服を絞るんだ。自分の汗で渇きを凌《しの》ぐ。滑稽だろう？　あるいは鉄檻の隙間に無理やり手を捻じ込み、皮膚が擦り切れて骨が軋《きし》むような痛みに耐えながら、テーブルに置かれた缶に腕を伸ばすんだ。必死になって摑んだ缶は空っぽだ。母はわざと僕を騙《だま》して楽しむことがある。それでも挑戦しなきゃならない。欲しくてたまらないからだ。空き缶の底の発泡酒の数滴が。

しかし誰が来ようとも、声をあげられなかった。

物音を立てれば母親から折檻《せっかん》を受ける。ナイフで脅され、何度も蹴られる。助けを呼んでも届かない未来を想像するだけで、身体から声をあげる気力が消えていく。

大人たちは時折僕の部屋を訪れては僕に気づくことなく去っていく。

『お前のせいで目を付けられる』『早く死んでほしい』『なんでこんな窮屈な生活をしなきゃならない』

いくつもの侮蔑の言葉を浴びながら、徐々に干からびていく。

蝉《せみ》の声が遠のいていった。早くこの世界から消えたかった。

やがて母さんは僕とは全く関係のない傷害事件で逮捕された。万引きを咎《とが》めてきたスーパーの店員を殴ったらしい。

取り調べの際、不審に思った警察により僕は救出される。

救出された後、世界に馴染《なじ》めなくなっていた。

とにかく知りたかった。母親の憎悪がどこから来たのか、なぜ僕は殺されかけねばならなかったのか。説明が欲しくて、社会学の本を読み漁った。学校も通わず、辞書を引きながら必死に専門書を読み解いた。

『排除型社会』と出会い、僕は打ちのめされた。その本は母の理不尽な虐待を直接説明していた訳ではない。しかし、それと同種の攻撃、断絶、不理解が世界に溢れていると悟った時、恐怖に呑み込まれた。足が竦んで動けなくなった。

恐怖と向き合い続ける日々が始まった。

ゲームの世界で魔物を作り出して、攻略法を考える。取り巻く世界を解釈し続ける。プログラムに打ち込んで発信する。自身で作ったゲームで遊び、自身の思考の偏りを客観視する。認知行動療法。僕の中にある恐怖という魔物と向き合い、それを乗り越えるために藻掻き苦しんだ。

それが思わぬ出会いをもたらした。孤独だった僕の世界に、久米井那由他がやってきた。音楽で彩った。渡利幸也が、田貫凜が、僕の心を刺激し、変えていく。

他人のためにゲームを作りたい——生まれて初めてそう願えた。

希望を与えたい。たとえ深い闇が支配する世界でも。

プレイした人の世界の見方を変えるようなゲームを生み出したい。

・・・

それから田貫はたくさんの話を語ってくれた。

時枝さんは一度テレビ取材を受けた経験があること。死ぬまでに絶対に行くという国が既に十三個決まっていること。押し入れ生活は子どもの時からの憧れだったこと。僕も正直、やってみようかなと思ったこと。まるでゲーム世界みたいな海外の自然遺産のこと。古林奏太とは頻繁にデートしていた時期もあったこと。

この時間を忘れることはない。

車も通らない道路にかかった歩道橋を上る。普段より高い視点がなぜか嬉しくて、見つめた町。矢萩町立高校がある方向を指さして「暗くて見えないな」と笑った自分の声。スマホ画面に表示される「03：12」。歩道橋の欄干の上に乗り、必死にバランスを取っている田貫の右手。遠くに見えた自動販売機の明かり。風は乾いた草の匂いがする。歩道橋の手すりには、まだ昼間の熱さが残っている。

どれだけ年月が流れても、その夜の美しさは覚えているだろう。

歩道橋の上で、田貫が小さくはにかんで口にした。

「結局、犯人は誰なんだろうね？」

彼女の白い歯が見える。

「堀口君でも、渡利君でも、久米井さんでも、わたしでもないなら、誰が奏太を殺したんだろう？」

僕は長く息を吸い込んだ。

肺一杯に空気が入っていく感覚が心地いい。

「やっぱり、しっかり話しておこうかな。田貫とは」

「ん？」

「犯人は——僕だけが知っているんだ」

・・・

僕と田貫が家に戻ったのは、もう早朝と呼べるような時間帯だった。

部屋では渡利と久米井が青白い顔をして立っていた。力なく両腕がだらりとぶら下がり、生気が感じられない。彼らは、帰ってきた僕たちへ視線を向けたが、その瞳は重たく暗く、何も見えていないようだった。彼らの正面に置かれたノートパソコンが放つ光がやけに白く感じられた。

「堀口………」

渡利が小さく口にした。

「………なんだこれ、お前」

彼はその長い指でパソコンの画面を指し示していた。一つのフォルダが展開されている。左上には、開かれた茶封筒のアイコンと、ファイル名が記されていた。

――『secret1』

喉が緩く確かに絞められるような感覚。

失踪生活前に記していたメモ。ロックをかけ、ハードディスクの奥底に沈めたファイル。

「これ……どうやって開けたの？」

「専用のソフトを使えば、一発で開くよ」

渡利が端的に答えた。

「悪く思わないでくれよ。堀口がオレを疑ったように、オレも堀口のことを疑ったんだ。分かるだろう？　オレの立場じゃ、堀口だって容疑者で――」

僕は矢萩自然公園でどこか傷ついた表情を浮かべた彼の姿を思い出した。

渡利が怯えた瞳で僕を見つめる。

「それより、なにこの文書は」

渡利がノートパソコンを摑み、いくつかの操作をした後、僕に突きつけてくる。

文書ファイルが開かれていた。僕が打ち込んだ文字が並んでいる。


【「解釈」理解できない・殺すということ・絞殺・刺殺・焼殺・感電・毒殺・墜落死・轢死《れきし》・ナイフ・ロープ・拳銃・バール・ハサミ・車両・灯油・防犯スプレー・学校・ドリームキャッスル・マンション・駅舎・いつまでに？・必ず】


僕の背後で、田貫が息を呑む音が聞こえてくる。

渡利はノートパソコンを閉じ、一歩僕に詰め寄った。

「堀口、どういうこと？　古林を殺したのはキミなの？」

三方向から強い眼差《まなざ》しを向けられて、喉が急速に乾いていく。

僕にあるバグ。世界をゲームで解釈し続ける。魔物を殺すという選択肢。あらゆるコマンドとアイテムを駆使して、向き合わねばならない。

「僕は……」掠れた声が出た。「僕は……」

しかし、それ以上は続かなかった。ただ喘《あえ》ぎ声《ごえ》に似た、情けない息ばかりが漏れた。

久米井が胸元に手を置き「堀口」と不安そうに口にする。

瞬時に結論を出さねばならなかった。

大きく一歩踏み出し、渡利の身体を突き飛ばす。

「堀口っ⁉」

彼の巨体は容易く揺らいだ。虚を突かれたように目を見開き、リビングテーブルと共に倒れていく。上に置かれた二つのグラスが床に落ち、音を立てて割れた。

渡利が取り落としたパソコンを拾い、彼らに背を向け、部屋から飛び出した。引き留める声にも耳を貸さずに階段を駆け、暗闇の世界に身を投じる。

5章

長い夏休みが明け、二学期が始まった。

生徒たちはどこか浮足だったように頬を緩ませ、久しぶりに顔を合わせる生徒と談笑しながら登校する。出会い頭、まるで秘密の合言葉のように「最悪。夏休みが終わった」と同じ言葉を誰もが言い放つ。憂鬱な物言いだが、どこか声は楽しげだった。

始業式が始まった。

普段通りの校長の挨拶は、二学期という最長の学期に対する心構えに終始した。古林奏太の事件に関してはあまり語られず、一言彼の死を悼んだ後、SNSなどにみだりに事件についての書き込みをしないよう強く念押しをした。

始業式後、二学期の教科係が指名された後、二年A組ではクジ引きによる席替えが行われた。教室にはもう古林奏太の机はなかった。

中央列の最後方にあった堀口の机を、学級委員の波多野が面倒くさそうな顔をして運んでいる。机にはまだ彼の私物が詰まっていて重いらしく、波多野は不服そうに眉をひそめた。机はまるで追いやられるように廊下の隅へ動かされた。

「まだ堀口の席って必要なの？」廊下側の席の男子が波多野に声をかけている。

「俺が知るかよ」波多野は困ったように答えた。「まだ退学じゃないんだろ」

「でもずっと行方不明なんだよな？　やっぱり堀口が古林を殺したのか？」

「さぁ。一時期渡利が犯人という噂もあったけどね。仮に渡利が犯人なら、もう逮捕されてるでしょ。じゃあ堀口なんじゃない？」

波多野の口調は淡々としている。論理的とは言《い》い難《がた》い推測ではあるが、理知的に語られるだけで説得力が増した。

自然と彼の周囲にいるクラスメイトも、波多野の方に身体を向けていく。

「先輩から聞いたんだけどさ、就職説明会とかで学校名を名乗ると、真っ先に言われるんだって。あぁ連続失踪事件のって」

波多野の言葉に周囲の生徒がどよめく。

「最悪じゃん。第一印象がそれって。それで不採用になるの？」

「さすがになんねぇだろ」

「でも良い影響はないよな。生徒が連続失踪して殺された教室の人間って見られるんだろ？　マイナスしかない」

波多野が漏らした言葉に、近くにいる女子生徒が不安げに、えー、と声をあげた。

彼女は就職組なのだろう。

男子生徒の一人が苛立たしげに漏らす。

「むかつくな。ただでさえウチはロクな就職先もねぇのに、なにしてくれんの」

全員の席が移動し終わるまで、波多野を中心に生徒たちは根拠のない不安と堀口に対する悪口を並べ立てた。

私は聞き続けた。

私は——久米井那由他は教室中央で彼らの話にただじっと耳を傾けていた。

できることなら反論したい。彼らの横っ面を叩き「まだ堀口が犯人と決まった訳じゃない」と怒鳴ってやりたい。堂々と胸を張って。

しかし、その衝動は無意味な妄想に変換されるだけで、身体は動かなかった。

庇うことさえできない。

真相を私は知らない。彼の行方も、彼が古林の件にどう関わっていたのかも。

堀口博樹はあの夜、マンションを飛び出したまま帰ってこなかった。

・・・

堀口が去り、残された私たちは、立ち尽くすことしかできなかった。堀口の反応が理解できなかった。開けっ放しの扉を見つめていた。冷房が効いた部屋に入ってくる夏の湿っぽい空気が不快だった。

意味がまるで分からなかった。

渡利が見せたのは、殺人計画を匂わせるメモでこそあったが、彼の殺人を証明するものではない。いくらでも言い逃れはできたはずだ。

なのに、あの怯えるような反応は何なのか。

――堀口が古林奏太を殺したのか？

直感的に、違う、と否定したくなる。彼もまた古林奏太の死を悼み、事件を調べていた。真犯人ならする必要がないことだ。それを機に渡利が堀口を調べようと思い立ったのだから、彼は墓穴を掘ったことになる。

分からない。

堀口博樹の行動は何も理解できなかった。

「多分、戻ってくるよね」空虚な声で私は呟いた。「ゲームか何かのメモって言い訳しながら」

ようやく吐き出せた推測に、渡利と田貫は曖昧に頷く。

部屋に残された私たちは、彼の帰宅を待ち続けるしかなかった。

布団を敷き、家主がいない部屋で眠りに就いた。

翌日になっても堀口は帰ってこず、代わりに来たのは学級担任と、堀口の伯父を名乗る男性だった。匿名の情報提供があったという。彼らは合鍵で問答無用で家に踏み込み、私たちを発見した。

私たちの失踪生活は呆気《あっけ》なく終わりを迎えた。

車に乗せられ、学校に届けられ、長い事情聴取と説教が続いた。無断外泊、虞犯《ぐはん》行為、不純異性交遊――私たちの行動は、ありきたりな名前をつけられて処理された。

やがて警察からも取り調べを受け、全ての事情を洗いざらい吐いた。今の今まで堀口の家に暮らしていたこと。古林奏太の事件については何も分からないこと。堀口博樹がいなくなったこと。誤魔化す気力も残っていなかった。血の付いたナイフのことも含めて、私は明かすしかなかった。

どこで漏れたかは不明だが、「堀口＝真犯人」という情報は瞬く間に学校中に広まった。

欠席が続くと進級に関わるぞ、と脅され、私たちは二日後、学校に登校した。リンチにも感じられた質問攻めに、私は無言で通したが、田貫と渡利はかなり辛そうだった。

隠れるようにやり過ごして夏休みを迎え、私たちは各々の生活に戻っていった。私は田貫や渡利と連絡を取ることもなく、部屋に籠り続けた。両親から外出禁止を伝えられ、黙々と音楽を作り続けた。いくら良い曲を作っても、それを喜んでくれる人はいない、虚しい作業だった。

八月が終わっても、堀口博樹の逮捕のニュースはいまだに入ってこない。

彼だけが失踪したままだった。

・・・

担任からの連絡事項が終わり、二学期初日は半日で終わった。多くのクラスメイトがなかなか帰らず、古林の件の情報交換をしている。夏休みの間に顔を合わせられなかった分、持ち寄った情報と噂がばら撒かれるように教室を満たした。

「堀口犯人説」「渡利犯人説」「萩中市の半グレ犯人説」「通り魔説」など憶測が行き交い、まるで遊びのように持論を展開するクラスメイトたち。今のところ、やはり「堀口犯人説」が有力で、次が「渡利犯人説」か。私と田貫の名は挙がらない。

声が刺々《とげとげ》しい。肌を突くように。

古林奏太という中心人物を欠いたクラスは、どこか散り散りで、過激な発言が窘められることはなく、熱が募っていく。

誰かが有力な情報を得ていないか、と期待していた私は少しの間残っていたが、すぐに無駄だと気が付いた。

鞄を摑んで席を立ったところで、声をかけられた。

「ねぇ、久米井さん」

振り返る。

校則に抵触しない程度に髪を伸ばした女子生徒が、私を食い入るように見つめていた。柴岡という名だった気がする。

「事件のこと、アナタの口からしっかり教えてくれないかな?」

険のある声に、教室の喧騒《けんそう》がぴたりと静まり返る。

教室にいる二十人以上の生徒が、一様に視線を私へ向けてきた。そこで私は渡利と田貫はもう帰ったことに気づく。

「皆、本気で心配していたんだよ。だからね？　説明責任くらいあるでしょ」

私は黙り続けた。教室では一言も話さない、という自分のルールがあった。

「古林の件もそうだよ」

今度は違う声が飛んだ。体格のいい、日に焼けた丸刈りの男子生徒。彼の名前は覚えていない。

「本当に何も知らないの？　堀口が殺したっていう噂だけど、久米井さんたちも関わっていないの？　ただ知っていることを教えてくれるだけでいいからさ」

その目には好奇心がありありと見て取れた。

私はなお彼らを無視すると決める。話す義理もないだろう。さっさとこの場から離れようと、教室前方の扉へ歩き出した時、それを遮るように柴岡が立ち塞がった。

「……あれだけの騒動を引き起こして、まだ謝ってもらってもないんだけど」

――謝る？

次第に荒くなる彼女の語調に戸惑う。

まるで被害者かのように訴えられても納得できなかった。私が、堀口が、渡利が、田貫が、一体彼らに何をしたのだろう。分からない。全く理解できない。今ある真実は、古林が殺されたという一点のみだ。何も知らないし、関与もしていない。あの1LDKでの出来事一つ一つを、なぜ話さなければならない？

柴岡が苛立たしげに舌打ちした。

「関係ないって顔してるけど、実際問題、わたしらの学校にもさ、悪印象がついてんだけど？」

論点がぐちゃぐちゃだった。

敵意が籠った視線を向けている点では一致しているが、クラスメイトたちの思惑は様々だろう。事件の真相を知りたい者、関係者を糾弾したい者、謝罪させたい者、古林を失った怒りのぶつけ先を求める者、殺人犯が近くにいると怯える者——少しずつズレている言葉がまとめて押し寄せてきて、とてもじゃないが相手しきれない。

私は振り返り、柴岡が塞いでいる出口とは別の教室後方の扉を目指した。

「逃げんなよっ！」

誰かの怒鳴り声が背中から聞こえてくる。

私は走ることもなく、いつも通りのペースで廊下を通り抜け、校舎を出た。校門すぐ脇にあるバス停に、ちょうど私が乗るバスが到着したところだった。

下校する学生たちで満員のバスに乗り込み、私は瞳を閉じた。

疲れて、メイ、たちの声は、嫌な記憶を思い出させる。

初めてではなかった。針のむしろにいる心地は。

・・・

中学時代、私は小さなアイドルグループに所属していた。

生まれも育ちも東京だった。豊島《としま》区の共働き家庭に生まれた私は、五歳の頃、父に与えられた知育玩具に夢中だった。簡素な電子ピアノで、鍵盤を叩けば、ピアノの音だけでなく、ギターやヴァイオリン、シンバルと様々な音を鳴らすことができた。音が響けば心が躍るような体験に魅了され、四六時中それで遊んだ。

小学生の頃から作曲の楽しさに目覚め、将来は歌手になりたいと願うようになった。自作の曲を歌いたい。十二歳になる頃には、歌詞も書くようになった。音楽番組は欠かさずチェックして、伸びやかな歌声の人気女性バンドを羨望した。

父親は私の熱意を受け止めてくれ、ある芸能事務所のオーディションを受けさせてくれた。誰もが知っているような大手事務所。合格すれば、トレーナーが付き、他の合格者と共にバンドが組めるかもしれない。そう説明を受けた。

しかし合格通知を受けた後、担当プロデューサーから「アイドル部門で活動しないか」という打診をされた。バンドよりもアイドルの方が売りやすい、という理由だった。名が売れた後に歌手転向する。実際そうして成功したアイドルは多くいた。

少しでも早く夢に向かって前進したかった。隣で聞いていた父は私の希望を受け入れ、契約書にサインをしてくれた。

私の芸名は『反町イクネ』だった。

『歌唱力が売りのアイドル』というコンセプトで売り出された五人組のグループは、アイドルファンから程々に受け入れられた。当初のコンセプトは瞬く間に瓦解し『クラシックダンスが売り』『中華ファンタジー風の世界観』と迷走を繰り返しながら、幸いにもファンを増やし、中堅と呼ばれる位置に定着した。私はセンターだった。握手会やチェキ会などは複雑な心境だったが、喜んでくれるファンを見るのは嫌いでなかった。

頑張りの結果、小さなドキュメンタリー番組への出演も決まった。

だが、それが思わぬ火種となった。

ア[illegible]同士の確執、葛藤、嫉妬と成長をありのままに描写するという触れ込みの

た。もともと全国的な知名度もないので過剰な対応だったのかもしれない。

つかの間の平和だった高校二年に上がった五月、再び炎上した。

私を悪役にして成り上がったアイドルグループの一人が、突然引退を宣言したのだ。

紅白歌合戦の出場も期待されていたアイドルの引退に、様々な憶測が飛び交った。メンバーとの不仲説、病気説。その一つに、私の嫌がらせを受けてのメンタル不調説が取り沙汰された。

バカバカしい、と笑い飛ばしたくなるが、ファンは真剣だった。『反町イクネ』というアイドルが今どこにいるのか、熱い議論を交わした。

自衛のため、引退後もエゴサーチを行っていた。苦しい作業であっても、確認する必要があった。

『「反町イクネ」と逃亡先の家を特定完了。矢萩町の某所』

ネットのとある掲示板。そこに載っていたのは、私が暮らしている家の画像だった。

言葉を失うほどの寒気がした。

なぜ見つかったのかは分からない。私の引っ越し先を知っているのは、身内以外では芸能事務所と元いたグループのメンバーだけだ。その誰かが情報を流したのかもしれない。あるいは矢萩町内のどこかで私の姿を目撃し、尾行したのかもしれない。

考えたところで手遅れだった。ただ、そこにある悪意に打ちのめされる。その書き込みは、私の崩れていた心にトドメを刺した。

あらゆる気力を失っていた——再び歌える未来が見えなかった。

教室の片隅で作曲を続けたのは細《ささ》やかな抵抗だった。しかし全部どうでもよくなった。仮に発表しようと私の歌声など匿名の大多数の悪意に負けてしまうだろう。言ってしまえば、その程度の才能なのかもしれない。

スマホに「矢萩町　自殺スポット」と打ち込めば、ラブホテルの隣に立つ、寂れたマンションが浮かび上がった。

六月三十日、マンションの屋上へ上り歌った。人生最後の歌になるはずだった。

——堀口博樹と出会ったのはその時だった。

彼に諭された私は冷静に立ち返り、堀口の自宅に避難した。ほとぼりが冷めれば、恐れる必要はない。時間が経てば、一年前に引退した場末のアイドルなど忘れ去られるだろう。あるいは住所が晒されたこと自体、気に留めなくなるに違いない。今すべきはとにかく身を隠し、自宅に近寄らないことだ。

初めて自宅を晒された日から二ヶ月が経過した。ネット上の話題は、矢萩町立高校の事件に移り変わり、引退したアイドルなど誰も話題にしなくなっている。

それでも心に刻まれた傷は癒えなかった。

・・・

痛みを伴う回想を振り切るようにバスの外の景色を眺めていた時、背後から視線を感じた。

背中から汗が噴き出る。

バスの前方の席にいる私を、誰かが後部座席から見ている気配を感じる。山奥へ突き進むバスは、いつもなら乗客はほとんど降りている地点だった。全身の筋肉が強張り振り向くことさえできない。

懸念は常にあった――まだ誰かに追われているかもしれない。

自意識過剰ならどれだけいいだろう。

私をじっと見つめてくるような視線は何なのか。

座席でぐっと堪えていると、ついに背後から人が歩み寄ってくる気配を感じた。

「ごめん、久米井さん」

声をかけられた。

横を向くと、大きな丸眼鏡をかけた、明るい笑みを浮かべる男子生徒が立っていた。僅かに茶色く染められた髪は、綺麗なウェーブを描いている。

「突然話しかけてごめんね。聞きたいことがあって」

無言で見つめ返すと、彼は困ったように苦笑した。

「もしかしてオレのこと、覚えてない？　同じクラスなのに？」

私は頷いた。見覚えはある。が、そもそもクラスメイトの名前を努めて記憶していない。一部の人間以外、名前と顔が一致しない。

何の用だろうか。わざわざ教室ではなく路線バスまで追いかけてきて。

無言に徹すればいいか、と警戒したところで、彼は思わぬことを述べた。

「葉本卓。堀口のビジネスパートナーだよ。事件について話せないか？」

堀口にビジネスパートナーがいることは察していた。

一度彼に興味本位で「広告バナーや宣伝動画も作っているの？」と尋ねたことがあった。彼は「別の人が作ってる」とだけ答え、それ以上語ることはなかった。何か複雑な感情を孕むような物言いに疑問は感じていた。

まさかクラスメイトとは思わなかった。

バスを降り、彼と喫茶店に入った。とはいってもオシャレなカフェは矢萩町にない。矢萩農業センターと呼ばれる、農家の直売所と隣接している小さな店だ。年季の入った赤白チェックのテーブルクロスの至るところに油汚れが染みついている。客は私たち以外に誰もいない。

「堀口と仲、良かったの？」

私が質問すると、葉本は目を丸くした。

「久米井さん、喋れたんだ。オレ、筆談する覚悟もしていたんだけど」

「そういうのいいから」

「仲はどうなんだろうな、メッセージのやり取りはよくしてたかな」

葉本は店員にアイスティーを注文し、私はコーラを頼んだ。葉本は冷えたおしぼりを受け取ると、心地よさそうに顔を拭った。

見た限り、彼と堀口が友人のようには思えなかった。

「なんだか凄く微妙な関係に感じるんだけど」

「そうかもな。多分堀口は、オレに苦手意識があったんだと思う。オレは他人とぐいぐい関わろうとするタイプなんだけどさ、堀口は真逆だから」

「確かに」

「腐れ縁だよ。ガキの頃、ある施設で知り合って高校で再会した。そこでゲームを作っていることを教えられて、ネット販売を勧めたんだよ。オレ自身、マーケティングに興味あったからさ。手伝って売り出したんだ」

いくつか自慢話を聞かされるうちに、なんとなく二人の関係が見えてきた。

自分のために黙々とゲームを作る職人気質の堀口と、ユーザーへの共感力が高い商人気質の葉本。性格は正反対だが、相性がいいコンビだったのだろう。彼らは世界中のインディーズゲームが販売されるサイトで週間販売数TOP10にもランクインしていたという。

私はずっと気になっていた質問をぶつけた。

「ねえ、堀口はどうして一人暮らしをしていたの？」

彼がマンションに引き籠るようにして生活していた理由を、私は知らない。一度本人に尋ねたが、教えてもらえなかった。

葉本はにやつきながら手を振った。

「アイツのプライベートな事情は、簡単には教えられないなぁ」

「そう。まぁいいけれど」

「どうしても知りたいなら、久米井さんから語ってくれる？」

何を、と聞き返す前に、葉本が身を乗り出してきた。

「堀口は――本当に古林奏太を殺したのか？」

実直な声音だった。それを聞きたくて私を追ってきたのか。

そのタイミングでドリンクが届いた。私は添えられたカットレモンを、コーラに沈め、マスクの下にストローを通すようにして一口飲んだ。

「分からない」率直に答えた。「正直、私は何も分かっていない」

結局、犯人が彼だったという確定的情報はなかった。毎日地元のニュースを確認しているが、それらしき少年が逮捕されたという報道はない。彼が行方不明で逮捕できないのか、あるいは容疑者から外れたのか。警察の内部情報が届くこともない。

今どこにいるのかは完全に不明だった。

「葉本君も何も知らないんだよね？」

「当然。堀口はあんな性格だしな。秘密だらけだよ。そもそも久米井さんたちを匿っていたことも聞いてないし」

口が堅い堀口らしかった。そうでなければ私たちは失踪できなかっただろう。

葉本は届いたアイスティーを一気に半分以上飲み、強くテーブルに置いた。

「久米井さん」

「なに？」

「オレと事件を調べないか？　堀口の行方が知りたい」

予想ができたセリフだった。

私は首を横に振る。

「……田貫や渡利を誘ったら？」

「もう断られたんだよ。なぁ、オレは堀口が人殺しをするはずがないと思う。今、無事なのか知りたい」

縋るような彼の表情に、胸が痛くなった。

私だって堀口が人殺しをするはずがないと思っている。しかし庇いたくても彼は失踪してしまったのだ。関与していないのなら堂々としていればいいのに。

警察から取り調べを受けている最中、告げられた言葉を思い出す。

『キミたちが証言したナイフだけど、堀口君の部屋にはなかったよ』

その言葉ですぐに察した。押し入れ上の棚にあったナイフを持ち出せた人物は一人しかいなかった。

堀口は血の付いたサバイバルナイフを回収した。

おそらく私たちが教員に捕まり、部屋から連れ去られた直後だ。マンション近辺に潜んでいた彼は、部屋が無人になるのを待って、回収したのだろう。古林奏太の血が付いていたかもしれない、重要証拠を。

その事実を思い出すたび、心は凍り付いたように固まる。

「ごめんなさい」

小さく頭を下げた。

「もう思い出したくないんだ。事件のこと」

私はグラスのコーラを半分以上残したまま、立ち去った。

・・・

堀口博樹は不思議な高校生だった。

1LDKで一人暮らしをし、黙々とゲームを作り続ける。自殺願望を持ったクラスメイトを部屋に泊め、ある日もう二名居候を増やした。好んで人付き合いをするタイプではないのに、嫌な顔一つ見せずに。

私が彼に興味を持つのは自然だった。自暴自棄になった私の自死を止めてくれた恩人なのだから。

田貫と渡利が出かけた夜、彼について尋ねたことがある。シャワーから上がった時、彼はパソコンで動画サイトを見つめていた。珍しい。ゲーム制作をしている訳ではないようだ。真剣な顔つきで思案している。

「久米井さ」

彼の方から話しかけてきた。

「キミが屋上で歌っていた曲って何？　聞き覚えがあるんだけど思い出せなくて」

言葉に詰まった。

あの時、屋上で歌っていたのはアイドル時代の曲だった。プロデューサーに頼み、自作の曲を歌わせてもらったのだ。ＣＤにはならなかったが、配信されたライヴ動画はかなりの再生数になった。

堀口は動画サイトで、アイドルのミュージックビデオをあたっているようだった。アイドルソングというところまでは見当がついているのだろう。

「忘れちゃった」と誤魔化して探りを入れた。「堀口ってアイドル好きなの？」

「別に。音楽アプリで曲を垂れ流しにしているから、たまに聞くくらい」

詳しくはなくて安堵する。堀口は私の素顔を見た、数少ない人間だ。見られても構わなかったが、あまり素性を知られたくはなかった。

堀口は休憩中のようだ。四人でいる時以外は大抵ゲーム制作に取り組んでいるから、またとない機会だった。

「ねぇ、ずっと気になっていたんだけどさ」

私は彼に近づいた。

「私を初めて家に誘ってくれた時、『不安定な世界』がどうこうって説得してくれたよね。アレは本か何かの引用？」

あの時の彼は自殺を試みようとした私に対して、精一杯の言葉で語ってくれたように思う。本音で向き合ってくれているとは目で伝わった。だからこそ胸を打たれたが、そこに出てくる言葉が今でも気になっていた。

――『不安定で恐ろしい世界で生き方を見つけていくゲーム』

やけに文章的な表現に感じられた。

堀口は、あー、と声を出し、首裏を撫でた。照れているのか、耳が赤くなっている。

「そうだよ、好きな本からの影響。ジョック・ヤング。『排除型社会』。よく読んでいるんだ」

その本はパソコンの横にずっと置いてあった。手に取り「どんな本？　要約して」

と尋ねると、彼は「説明は苦手なんだけどな」と憂鬱げに呟いて少し悩んだのちに解説を始めた。

「一言でいえば、アメリカ社会の変遷が描かれた本だよ。まず昔――一九六〇年代くらいかな。この頃の社会は安定していた。同じ商品を皆で作り消費し、男性の正規雇用はほぼ達成され、将来性は約束されていた。良くも悪くも分かりやすい時代だ」

日本でいうと高度成長期くらいか。長く続いた好景気に浮かされたように、誰もががむしゃらに働いていた時代だ。

「けどね、ある程度の物資が市民に行き渡ると、社会は変わり始める。まず経済成長がなだらかになり、雇用は柔軟化される。豊かになった社会の人々は、今度は自分らしい生き方を模索するようになる」

彼は人差し指を立てた。

「これらの要因が絡み合った結果、次第に社会は安定を失ったんだ」

私はゆっくり頭の中で整理する。不安定になっていく社会か。

「不安定」という言葉からネガティブなイメージがあったが、何も悪い変化を指す訳ではないようだ。少なくとも女性の社会進出は良い変化だろう。

そう率直に伝えると、堀口も頷いた。

「そうだね、でも良いことだけじゃない。例えば、社会に色んな働き方が増えたけど、その中には非正規雇用の人だっている。その人は従来の人々とは全く違う人生プランを計画しなければならない。人々が自分の生き方を定める時代がやってくるんだ」

堀口は、個人主義の到来だ、と補足する。

「これまでの安定した社会は、もう存在しない。代わりに人々は多様な生き方を選べるようになった」

「これもそう悪くない気がするね。生き方なんてそれぞれだもん」

「そうだね、僕たちは皆、一人一人違う。自分に合った生き方を選べばいい。僕たち現代人にとっても馴染みやすい考え方だ。自分の道は自分で決める」

堀口は言った。

「でも、その発想は——自分と他人の価値観は本質的に異なるという拒絶でもある」

あぁ、と言葉が漏れる。

指摘されるまでハッキリと自覚したことはなかった。

『一人一人が違う』という発想には、『私とアナタは違う』という意志表示が含まれている。ある意味で他者への理解を放棄している。

「異なる他者を排斥する社会に繋がる」

堀口が解説を続ける。

「僕たちは多様な生き方を辿るようになった。けれど、不安定な社会で生きる僕たちは常にリスクに怯えている。だから異なるグループを攻撃することで、安心を求める。『アイツは自分たちとは違うから』と決めつけ、社会悪として排除する」

アイドル時代の炎上が脳裏を過った。ネットに書き込まれた罵声の羅列――。

堀口が大きく息をついた。

「以上の過程とその警鐘を記したのが、『排除型社会』の要約だね。終わり。ずいぶん簡略したけど」

語り終えた彼は照れを隠すように立ち上がり、グラスに麦茶を注ぎ、喉を鳴らして飲み始める。喋り慣れていないらしい。

私は呆然とした心地で立ち尽くしていた。

偶然ではあるだろうが、まさか過去の経験と重なるとは思ってもみなかった。しかし、彼の口調で語られたせいか、傷痕を抉《えぐ》るような痛みはなく、むしろ私の心のざらついた部分に優しく触れてくれたような安堵があった。

大事なことを聞きたくなった。

「ねぇ、堀口」

「なに？」

「なんでこの本が好きなの？」

彼はグラスを手にしたまま、ゆっくり瞬きをした。グラスの縁を指で擦り、中身を飲み干し、テーブルに置く。

「僕たちに当てはまるって思った」

「……そう」

「矢萩町や日本だって同じ。いや、ヤングが分析したゼロ年代のアメリカ社会の比じゃなく不安は高まっている。日本全体の総人口は下がり始めた。経済は低迷を続けている。もちろん世界的に見れば日本はまだ裕福な国だけどね。でも僕たちは常に不安に晒される。幸福になるための生き方が見えず、胸が苦しくなる。痛くなる。幸せそうに見える他人が隙を見せた時、攻撃を始めるんだ」

彼は窓の方向を見つめた。

カーテンが開けられた窓からは、安っぽい古城が見えた。廃ラブホテル〈ドリームキャッスル〉。かつて栄え、そしてゆっくり衰退していった矢萩町のシンボル。

マンションの方から飛んでいくカラスが、廃ホテルの奥へ消えていく。

「初めて読んだ時、恐くなったんだよ、この世界が。心の底から震えた。理解しえない他者から悪意を向けられることは人生で何度もあり得るって諭されたように感じられた。そうしたら取り巻く世界が恐ろしく思えてきたんだよ」

その言葉の意味が分からなかったが、それ以上踏み込めなかった。

彼は目を細めている。

「今でも怯えているよ。だから時々消えたくなる、僕もね」

付け足すような言葉は、私に向けた言葉だろうか。説教でも忠告でもなく、祈るような温度が含まれている。

微かに心が楽になった気がする。

語り終えた彼は再びゲーム制作に戻り、キーボードを叩きだした。線を引いたように唇を引き締め、真剣な眼差しで没頭している。

私にとって堀口博樹は特別な存在だった。

彼が教えてくれたことは、過去に刻まれた私の傷に優しく染み込んだ。自殺を決めた夕暮れ、必死に駆け寄ってくれた時の言葉も忘れてはいない。

彼に告げた言葉は嘘じゃない。

――キミのこと知りたくなった。

堀口博樹の心に歩み寄りたかった。心の内を覗いてみたかった。

それゆえに躊躇してしまう。容易に踏み込めない。

彼は優しさの裏に何を潜ませていたのだろう——？

・・・

二学期が始まって数日経った放課後、私は田貫と再び出会った。

葉本の頼みを断った二日後のことだった。この日も教室で全く口を開かず一日を過ごして、下校のチャイムが鳴り響く中、まっすぐ昇降口に向かった。

校門を出ようとしたところで、自転車が横から飛び出してきた。ぶつかりそうになって、思わずたじろいだ。

自転車には田貫が乗っていた。

銀色の泥よけが、まだ力強い九月の陽光を反射して煌《きら》めいている。

「ごめん、久米井さん」田貫が慌てた様子で自転車を降りてきた。「怪我ない？」

「うん、大丈夫だけど」

「よかったぁ」田貫は頰を緩ませた。

田貫との会話は一ヶ月ぶりだった。夏休みの間、まるで引き籠るように田貫や渡利とも連絡を取り合わなかった。彼らと不用意に会話を交わすのは、事件を掘り返すようでつい逃げていた。

「時枝さんは元気？」と私は尋ねた。

「元気じゃないかな」田貫が答えた。「わたしがいなくなった間に、認知症が悪化しちゃったみたい。部屋に外から鍵を取り付けてあったの見たよね？」

頷いた。

深夜徘徊を繰り返す田貫時枝の身を守るため、田貫の母は軟禁を選んだ。仕方のない処置だと理解しても、気持ちの良い光景ではなかった。

「そのせいでね、部屋にじっとしているのが恐くなっちゃったみたい。ちょっとね、目を離すと怒りっぽくなったしねぇ。不思議だよ。わたしの名前も覚えてないのに、わたしが一時期家出したことは恨みがましく覚えているんだもん」

「田貫……」

自嘲気味に語るクラスメイトに、どう言葉をかけていいか分からなかった。

田貫は夏休みが明けた後も、相変わらず授業中に眠り続けていた。ぐったりするよう突っ伏し、ただ出席日数を稼ぐためだけに、机にしがみついていた。

「慰めにもならないと思うけど、田貫、自分を責めすぎないでね。アナタは何も悪くないよ」

「うん、大丈夫。良いとも悪いとも思ってないよ。後悔があるだけ」

田貫は自転車のハンドルをぐっと握った。

「楽しかったけどね、失踪生活。ただ、間違っていたんだと思う」

彼女は「もう行かないと」と呟き、サドルに跨がって校門の先へ消えていった。

――『間違っていた』

私は動けなかった。田貫が零した後悔の言葉が、まるで私の足に楔《くさび》を打ったように。

太陽がじりじりと私を照りつけた。熱中症を危惧した用務員の男性に声をかけられて、ようやく我に返る。

バスに乗ったところでスマホを開いた。堀口が失踪してから毎日のように彼へメッセージを送付しているが返事はない。それでも時折未練がましく『既読』のマークが付いていないか確認する。

混み合う車内に立ち、つり革にぶら下がり、隣の男子生徒が背負っていたリュックに潰されそうになりながら、じっとスマホを見つめ続けた。

その時、一件の通知が届いた。

クラスのグループラインだ。メッセージには、学校の駐車場に救急車が停まっている画像が貼られている。

――『渡利幸也が病院に運ばれた』

矢萩町内に急患を受け入れる病院は一つしかなかった。すぐさまバスを降り、乗り換え、矢萩町総合病院に向かった。スマホにメッセージを残し、待合室の固い椅子に座って待ち続ける。

小一時間が経った頃、渡利は姿を現した。

「渡利……」私は立ち上がって、彼に歩み寄った。

「久米井。わざわざ来なくてもよかったのに」

渡利は恥ずかしそうに頭を掻いた。その額には大きな傷パッドがつけられている。右目の上辺りに貼られ、右瞼が開きにくそうだった。

「大した怪我じゃないよ」渡利は笑った。「頭を少し切っただけ。二、三針縫って、あっという間に終わったよ。ただ場所が場所だけに出血がヤバくてさ」

「何があったの……？」

「それを聞きにきたの？」

私は頷きつつも「一応心配したんだけど」と言葉を付け足した。渡利は「悪い、悪い」と手を振り待合室の椅子に座った。親を待たせているから手短に話したい、と説明する。

「久しぶりに部活に顔を出したんだよ。夏休みの間は休んでいたけどね、やっぱり戻りたくて。当然揉めたよな。古林が亡くなって、空気は最悪だった訳だからな」

「よく行ったね」

「勇気を出したんだよ。バスケができる環境が他になかったんだ」

渡利いわく、自転車通学できる範囲には、他にバスケ部がある高校がないという。転校もできない。彼がバスケを続けるには、どれだけ針のむしろでも矢萩町立高校のバスケ部にいるしかない。

渡利は寂しげに自身が見聞きしたものを語った。

「話せば分かってくれると思ったんだ。古林殺しに関しては何も知らない、と率直に話した。仲間は理解してくれたし、かつてオレを虐げたことを謝ってくれたよ」

「じゃあよかった……という話じゃないの？」

「周囲の連中は堀口が殺したと思い込んでいたんだよ。もちろん否定した。オレには堀口が殺したとも思えなくて、それは違うって伝えた。それで喧嘩《けんか》になった。みんな、思いのぶつけ先がなかったんだ」

私は愕然とする心地で、息を吸った。

「良い奴だね、渡利」

「ありがとう。でもさ『じゃあ、誰が殺したんだよ？』って詰められてな。もう手がつけられなくなって、この様《ざま》だよ。倒された拍子にパイプ椅子に頭をぶつけたんだ」

私は彼の額をじっと見つめた。

「……その傷、またバスケできるの？」

「傷が塞がるまで運動禁止。仕方ないよな」

彼は呻くように息を吐き、背もたれに体重をかけた。長い脚が伸ばされる。渡利のバスケのプレイを見たことはないが、引き締まった筋肉を見て、きっと優れた選手なんだろうな、と想像する。

渡利はポケットからスマホを取り出した。

「そうだ、久米井はこれを見たか？」

渋い顔で示されたのは、動画サイトだった。『闇が深すぎる——矢萩町立高校連続失踪事件⑨』というもの。〈プッシャー・チャンネル〉という名だ。

私は頷いた。

黒い背景から浮き上がる文字により、失踪者Bの情報が表示されている。バスケ部でイジメられていたこと。被害者Dもバスケ部だったこと。失踪者Bの家庭は生活保護を受けており、おそらく金に困っているであろうこと。容疑者の一人であること。

このサイトは「渡利犯人説」を強く推しているようだった。

動画の途中には広告が差し挟まれていた。収益化したらしい。事件は思わぬ熱を生み出しながら、鈍い炎上を続けている。

「ここ最近は、他のチャンネルでも取り上げられているけどな」

渡利が呟いた通りだった。イジメ、失踪、殺人、犯人未逮捕、それらの一つ一つがネット越しに多くの人たちの好奇心を刺激したようだ。最初期にあった〈プッシャー・チャンネル〉以外の動画も見られ、そこでは「堀口犯人説」や「古林自殺説」などが推されている。

渡利が苦しげに呟いた。

「晒されて傷ついて失って、何の意味があったんだろうな……オレたちの失踪生活」

じっと指を組み、私はその言葉を受け止めた。

病院を出たところで、酷い雨が降り始めた。

季節外れの夕立だ。渡利からは「送っていくか」と心配されたが、かなり遠方になるからと断った。幸い折りたたみ傘を鞄に入れていた。私は地面を叩くような雨に打たれながら、バス停に立っていた。

渡利が見せてくれた動画サイトには、まだ私の個人情報は晒されていなかった。二年A組の寡黙な女子生徒、という文言しかない。渡利には悪いが、安堵してしまう自分がいた。けれど、いつ自分も晒されるか分からない。あの動画は、警察発表以上の情報を取り上げていた。動画の投稿者は学校関係者と接触しているらしい。

田貫と渡利に続けて会い、私は胸が苦しくなった。

──私たちはあの失踪生活で失ったものの方が多いのだろうか。

その問いは、何日も自分たちを匿ってくれた堀口に、酷く失礼な考えだった。

しかし田貫は「間違っていた」と漏らし、渡利は「何の意味があった」と呟く。

「……悔しいなぁ」

唇から声が漏れた。

目を閉じれば、瞼の裏に1LDKの光景が浮かぶ。堀口が買ってきたボードゲームで遊んだ夜。遅くまで絶えなかった笑い声を昨日のことのように覚えている。

私は逃げてきた。痛みに耐えきれず人生を終えようとした。その寸前で堀口に救われたと思った。心の底から笑みが零れた。何年ぶりかのことだった。

ようやく手にしたと思えた安堵は仮初《かりそめ》だったのか。

違う、と叫びたかった。

そう叫んだところで、誰も聞き入れないのは分かっている。

腹が立った、無性に。このエネルギーの源は分からないが、発散させる方法だけは知っていた。

暴かなくてはいけない――思い直す。あの失踪生活で起きたことを全て知りたい。

鞄からスマホを取り出し、メッセージを書き込む。

《葉本君、やっぱり事件を調べない？》

私は迷うことなく、送信ボタンをタップした。

私たちが堀口博樹の情報を得る手段は三つあった。

一つ目は担任教師。私と葉本は、放課後に野口先生の下を訪ねて「堀口はどこにいるのか」を尋ねた。三十代半ばの女性教諭は気の毒そうな表情をした後に「自分も知りたい」という旨を伝えてきた。

「保護者に電話をしても『居場所が分からない』という返答しかないからね。学校側ができることは何もないよ。現状、退学届も転学届も提出されていない」

無力感と諦念が入り混じったような声だった。

彼女は淡々と、学校は捜査機関ではないことを説明し「居所不明児童」という言葉を教えてくれた。虐待、病気、失踪などで、所在が確認できなくなった子どもたち。

堀口は既に高校生で児童とは言えないが、同様のケースらしい。

つまり、学校側が把握できる範疇外にいるという。

また古林の事件がどうなったのかも聞いたが、こちらも新情報はなかった。

「別に学校だからって新しい情報が入ってくることはないからね。蚊帳の外だ。わたしだって知りたいよ」

「そうですか……」

「何も発表がない以上、まだ捜査中なんじゃないかな」

私たちはお礼を言った。

野口先生の笑みには、濃い疲労が窺えた。事件続きで休まる暇がなかったのだろう。私の責任もあるので改めて深々と頭を下げた。

堀口の手がかりを得る二つ目の方法――彼のマンションだ。

私は堀口が失踪した日以降、近寄ることはなかった。良い記憶と同等に、苦々しい思い出も残っている。あの１ＬＤＫの空間には。

頑張って坂道を徒歩で上り、汗だくになりながらマンションの前まで辿り着いた。

私の手には合鍵が握られていた。

「合鍵って」葉本が呆《あき》れ声《ごえ》で指摘する。「恋人みたいだな」

「そんなんじゃないよ。ただ一緒に暮らす以上、必要な機会もあっただけ」

昼間はともかく、夜間は頻繁に外出していた。

軽口を叩きつつ、マンションのエントランスを素通りしようとした。オートロックではない、緩いセキュリティの出入り口だ。

「ストップ」葉本に引き留められる。「郵便受け、シールで塞がれてる」

え、と声が漏れ出た。

エントランスには集合郵便受けと宅配ボックスが置かれているが、堀口が暮らす906には新品のクリアシールが貼られていた。空き室を示す、『チラシお断り』の文字が投函口《とうかんぐち》を塞いでいる。

「もう退去したんだ」葉本が呟いた。

思い出の1LDKの部屋は、既に引き払われてしまった。

瞬く間に三つあった方法のうち、二つがなくなった。


土曜日、私と葉本は電車に揺られていた。

矢萩町から隣接する萩中市に向かうための路線だ。一時間に二本しかないが、普段より乗客数が多く感じられる。萩中市は矢萩町より僅かに都会だった。大きな書店や流行のスイーツ店が並び、カラオケ店もある。矢萩町立高校の生徒がまともに遊ぼうと思ったら、萩中まで行くしかない。

次第に建物の数が増えていく車窓を眺めつつ、事件の情報整理を行った。

私はナイフの件を語った。事件前に堀口の部屋から発見され、事件後に血が付いていたサバイバルナイフ。

心当たりがある、と葉本は答えた。

「堀口の家にあったナイフなら分かるよ。高校一年の頃、堀口が購入したものだと思う。ゲームの資料用に買った、と教えてくれたことがある」

「え……？」

「よく敵キャラが刃物を持っていないか？　堀口が使いがちなんだよ」

私は暗鬱な気分になった。

「なら、最初から言えばいいのに。自分が買ったものだって」

「誤魔化したのか？」

「うん、自分のではないって言ったはず」

堀口は咄嗟に気の利いた嘘をつくのが得意ではないのかもしれない。

パソコンに隠されたメモ『secret1』を突きつけられた時、いくらでも誤魔化す手段はあったはずだ。

冷静沈着な反面、土壇場では割と感情のままに動く。田貫時枝さんの前でも声をぶつけていた。

そんな時、彼は弱さを表情に垣間見せる——怯えるように。

「そうか……」葉本は何か心当たりがあるように唇を噛む。

「ねぇ結局、どうして堀口は一人暮らしをしているの？」

まだ葉本から何も教えてもらっていなかった。

彼は胸ポケットからスマホを取り出し、表示された時刻に視線を落とした。

「それは今から行く場所で聞けると思う」

電車が減速し始めた。矢萩町にはほとんどない、十階建て以上のビルが見えてくる。

車内アナウンスが萩中駅に到着したことを告げた。

「着くぞ」葉本が立ち上がった。「堀口の実家だ」


正確には堀口の伯父の家らしい。

葉本は最低限の情報を教えてくれた。高校に入学するまで、堀口はここで暮らしていた。小学生時代の葉本は数度、訪問したことがあるらしい。

萩中駅からそう離れていない、二階建ての立派な家だった。隣に並ぶ家屋もどれも大きく、ここ一帯の所得の高さが窺えた。

アポイントは取っていないという。私は緊張しながら玄関先に立ち、葉本がチャイムを鳴らした。品の良さそうな中年女性が顔を現した。「おばさん、覚えていますか？　葉本卓です」と葉本が頭を下げる。女性は「あぁ卓君」と顔を綻ばせ、私たちを家に入れてくれた。

客間に通されて待っていると、白髪交じりの男性が現れた。堀口の伯父だ。失踪生活が終わった際、一度見たことがある。最初に応対してくれた女性が紅茶と茶菓子を持ってきてくれた。伯父伯母の両方が家にいたらしい。

「誰かがやってきてもおかしくないな、とは思っていたんだ」

堀口の伯父――堀口徹《とおる》と名乗った――が言った。その隣に徹さんの妻、堀口雫《しずく》さんが腰を下ろした。

「こちらは久米井那由他です」葉本が私を紹介する。「博樹君に泊めてもらった最初の女子生徒」

私は「博樹君には迷惑をおかけしました」と頭を下げた。

徹さんと雫さんは穏やかな顔で手を振った。悪印象はもたれていないようだ。

「あの」私は早速本題に入った。「博樹君は今、どこにいるんでしょうか？　あのマンションを解約したのは、きっと徹さんですよね？　博樹君はもう戻らないということですか？」

「そうだね」徹さんは短く頷いた。「博樹君からそう伝えられた。いつでも復学できるよう、高校の退学届は出していないけどね」

「そうですか」

「ただ博樹君にもう通学の意志はなさそうだ」

やはり堀口はもう二度と戻る気はないのだろうか。口内が急速に乾いていく。

雫さんが「まず当時の状況を話す方が先でしょう」と徹さんを窘めた。

葉本が「教えてください」と促すと、今度は雫さんが語り始めた。

「正直、私たちも大分混乱しました。七月二十日ですかね。明け方、博樹君がパソコンを抱えて帰ってきたんです」

七月二十日――彼がマンションの部屋から飛び出した日だった。

雫さんは話を続ける。

「ほとんど説明はなかったですよ。彼が告げたのは三つだけ。『今まで支えてくれてありがとうございます』『これからは一人で生きます』『マンションは引き払ってください』と一方的に言って、そのまま出て行ってしまいました。午後になって、学校の先生方が来て、失踪騒ぎが起きていたことや、博樹君がクラスメイトを部屋に泊めていたことを知ったんです」

伯父夫妻は、堀口博樹と日常的に関わっていた間柄ではないらしい。彼の口から保護者の話など聞いたこともなかった。

「つまり」徹さんが明かす。「申し訳ないが僕たちも知らないんだ。博樹君の行方は」

「そんな……」

「後日、警察の方にも尋ねられたけれど、何も答えられなかったな」

葉本がすぐさま声をあげた。

「警察も来たんですかっ？」

「あぁ、うん。ただ、あくまで参考人という形だろうね。警察もまだ博樹君を犯人と決めつけている訳じゃないはずだ。本腰を入れた警察から逃げられるとは思えないからね」

犯人でないなら、なぜ失踪する必要があるのか。

私は混乱し始める。やはり堀口が逃げる理由が分からなかった。

「そもそも失踪なんてできるんでしょうか？」

葉本が質問をぶつけた。

「いくら収入があるからって、男子高校生が部屋を借りるのは難しそうですが」

「無理だろうね。未成年が部屋を借りるには、親権者の同意が要る」

「もしかしたらネット上で知り合った人の家に、上がり込んでいるのかも」雫さんが言葉を続けた。「お金を出せば、泊めてくれる人は探せるでしょうね。誰かの部屋に居候してしまえば、もう居場所は突き止められないでしょう」

住民票が移された形跡はなく、スマホは既に解約されていた。メッセージが既読になるはずもない。他人名義のスマホなら萩中市でも手に入る。

「なんで、そこまでして……？」

伯父や伯母からも離れる理由がどこにあるのか。

徹さんが腕を組み、寂しげな表情をした。

「博樹君は、焦っていたのかもしれないな」

よく分からないが、直感的に思い当たる部分もあった。堀口はずっと何かに怯えていた。彼自身、『世界が恐い』と漏らす時もあった。

「博樹君は、一体何を恐れていたんですか？」

尋ねると、雫さんが窺うように問いかけてくる。

「久米井さん、博樹君の過去についてはどこまで……？」

私が「何にも」と答えると、徹さんと雫さんが言いにくそうに眉をひそめた。葉本が小さく首を横に振る。自分からは言いたくないようだ。

やがて徹さんが静かに語り始めた。

「博樹君は母親から虐待を受けていたんだよ」

誰にも言わないという約束の下、詳細を教えてくれた。

当時、堀口博樹はアパートで母親と二人暮らしをしていた。母親からのネグレクトは八歳頃から始まっており、すぐに児童相談所の観察対象となった。十歳の春に身体的虐待が加わったらしい。母親は学校に「博樹は体調を崩して、実家で療養している」と嘘をつき、堀口博樹をアパートに監禁した。不登校が続く状況を見かねて、担任教師や児童福祉司が何度か訪問するが、そのたびに母親は丁重に対応し、家に踏み込ませなかった。明らかな違法性が見られない限り行政は手出しできない。

居所不明児童――行政は堀口の姿を目視できなかった。

発見当時の堀口博樹は大型犬用のケージに入れられていたという。

八月中旬、堀口の母親は傷害事件を起こし、取り調べの最中、不審に思った警察が餓死寸前の堀口を発見したという。堀口の証言から、母親が刃物で脅迫して声をあげないよう命じていたことも判明した。堀口の母親は傷害罪と保護責任者遺棄罪に問われ、刑務所に入った。母親は親権を喪失し、堀口は伯父の家に引き取られる。

「どうして……？」

私は思わず呻いていた。

「どうして博樹君の母親は虐待なんか……」

「実のところは本人にしか分からないけどね。身勝手な八つ当たりだと思う。当時は勤め先のクラブが閉業して、彼女は困窮していた。萩中市は不況続きだからね。再就職も難しかったようだ」

「だからって――」

「もちろん許される行為じゃない。とにかく博樹君は母親を恐れていた。僕たちから離れて一人暮らしを希望したのも、完全に母親と縁を切りたかったからだろうね」

私は喉の奥が締められるような心地がした。

立地が良いとは言えないマンションで、一人暮らしをしていた堀口。あの場所は彼にとっても身を隠すシェルターだったのか。

徹さんは、堀口の母親の兄であるという。実質絶縁状態だが、完全に繋がりを断ち切れる訳ではない。刑務所から時折手紙も届くという。母を恐れる堀口にとって、伯父夫婦の家は心安まる環境ではなかったのだろう。

「でも」私は疑問を述べた。「なら博樹君のお母さんは、刑務所にいるんじゃ――」

「もう七年も経つからね」

徹さんは客間に置かれた、テレビ台の方へ視線を向けた。

真新しい茶封筒が一通、丁寧に置かれている。

「法務省から通知があったよ。妹――いや、博樹君の母親は来月、釈放されるんだ」


萩中駅の南まで進むと大きな河川が見えてくる。川岸には釣りをしている男性がいて、彼が握る竿《さお》から水面に伸びる糸が光って見えた。土手では地域の運動部らしき高校生たちがランニングをしていた。冷たい秋の風が吹いていた。平野を蛇行しながら流れていく川のせせらぎが心地いい。

何もないといえばそれまでだが、嫌いな風景ではなかった。

小学生の頃、ここで葉本と堀口は会っていたという。

お腹が減ったのでコンビニで軽食を買い、私たちは川のそばにあるベンチに腰を下ろした。場所のせいか残暑はそう気にならない。

私がおにぎりのラップを剝《む》き、マスクを外したところで横から視線を感じた。

葉本が驚いたように目を丸くしている。

「久米井さん、そんな顔なんだ。前髪も退けてみせてよ」

「そういうのいいから」

手早くおにぎりを口に押し込むと、すぐにマスクをつけ直す。考え事をしていたせいで、つい警戒を解いていた。

つまらなそうな顔をした葉本がサンドウィッチを齧《かじ》り、唇のマヨネーズを拭う。

「堀口の過去について、オレからも語っていいか？」

もちろん、構わなかった。

サンドウィッチを食べ終えた葉本は手を叩いてパンくずを払いながら立ち上がった。

視線の先では、二人の男の子が川辺で遊んでいる。短い腕を大きく振って小石を投げ、水切りをしている。石は二、三回跳ねるだけなのに、白い歯を見せて喜んでいた。

「実はオレと堀口が出会ったのは、児童養護施設なんだ」

「施設？　いつのこと？」

「堀口が警察に保護されて、伯父に引き取られる前だよ。一時期、アイツは施設にいたんだ。ちょうどオレもその時は入所していたんだ。親が離婚して母だけじゃ育てられなくて再婚するまでの二年間だけな」

だとすれば二人が十歳の頃か。

葉本は「川のそばにあるんだよ」と指さした。振り返ると、赤い屋根をした建物が見える。二人が出会った養護施設らしい。

「当時の堀口はどこか危なっかしくてな。しょっちゅう、他の子どもと喧嘩してた。痩せ細っていたから、いつも殴り返されて負けてたよ」

「あんまりイメージつかないかも」

――母親の虐待から絶命寸前で助けられた直後の堀口。

とても想像できないが、荒れているのも仕方がないように感じられた。

葉本は川遊びをする二人の小学生に視線を戻した。

「話しかけたのは当然、オレだ。なんか見捨てられなくてな。そうしたら割と仲良くなって意気投合した。アイツが施設から出る日まで、けっこう毎日話していたかも。大体、この町の悪口ばっかり」

「悪口なんだ」とつい笑ってしまう。葉本は「クソガキだったんだよ」と照れ臭そうに言い訳をした。

「堀口はよく言っていたよ――『この町の人間は互いを傷つけ合っている』って」

それはまるで、堀口の呟きのように感じられた。

思い出したのは、マンションで堀口が明かしてくれた本の内容だった。不安定な社会で他人を攻撃し合う人々の話。

「排除型社会……」とタイトルを呟くと、葉本はおかしそうに「久米井さんも知ってるんだ。堀口の愛読書」と笑った。

彼もまた内容は把握しているらしい。

「その時の堀口はまだ子どもだったけど、肌感覚で察していたんだろうな。萩中市も矢萩町も衰退している。揺らぐ世界で、不安に駆られる人々は、自分より低い地位の人間であっても余裕がありそうな人間を許せなくなる――その事実に気づいていた」

葉本が小さく呟く。

「堀口自身が、実の母親から傷つけられた人間だから」

葉本は、堀口から当時のことを聞いていた。監禁された堀口は母親から侮蔑の言葉を浴びせられ、自分を傷つける世界に怯えたという。

「堀口にとってゲーム制作はシミュレーションなんだ。母親がいる――いや、母親だけじゃない。誰かが誰かを排除し合う世界で、どう生きたらいいのか模索するために、アイツはゲームの世界で主人公を動かし続けたんだ」

堀口のゲームの特徴が頭に過った。

敵モンスターと遭遇した時、選択肢は『攻撃する』だけじゃない。『助けを呼ぶ』『耐える』『媚びる』といった多くのコマンドがあった。

刃物を持ったモンスターは、母親の象徴だったのか。

嫌な想像が頭を過る。

「ねぇ、もしかして堀口は──母親を殺すことも考えていたの？」

口にしながらぞっとしていた。

堀口のゲームには敵を『容赦なく殺す』コマンドも存在した。彼が記したメモ『secret1』の記述は、彼が母と向き合うための手段の一つだったのかもしれない。

「そうかもしれないな」

葉本はあっさり認めた。

「でも、やっぱり選ばなかったはずだよ。母親と会う前に、彼は失踪したんだから。『逃げる』っていう選択だろうな。堀口らしい」

「……そうだね」

「オレは堀口のゲームが好きだったよ。よくゲームは現実逃避だって揶揄されることもあるけど、アイツは真逆だった。現実と向き合うためにゲームを作っていた。初めて遊んだ時、コレは広めるべきだって感じたよ。本気で売り出したいと思った。実はさ、高校卒業後には二人で法人化しないかって計画も立てていたんだ」

葉本は唇を噛んだ。

「二人で生きていきたかったのに」

やがて脱力するように、葉本は再びベンチに腰を下ろし、水切りを始める二人の子どもを眺めていた。

しばらく川のせせらぎだけが耳に届く。どんな言葉を返せばいいのか分からないまま、時間だけが過ぎる。

葉本は大きく息をついた。

「けど、ここまでだな。おじさんたちも知らないんじゃ、もう手はない。いつか戻ってくる日を待つしかない」

受け入れがたいが、彼の言うことは理解できる。もう堀口を追う方法が存在しない。手がかりさえ見つけられなかった。彼の失踪は成就した。

私はレジ袋から、紙パックのアイスティーを取り出し、ストローを刺した。

「結局、事件はどうなるんだろうね」

「未解決のままなんじゃないか？　殺人事件だって検挙率は毎年百パーセントじゃない。取りこぼしはあるさ」

　ここ最近は事件に関する報道は、めっきり止まっている。ネットで話題にはなっているが、警察からの発信は乏しい。

　本当に未解決のまま終わるのだろうか。

　紙パックのアイスティーから伸びるストローをマスクの下からくわえ、口いっぱいに冷たい液体を含んだ。ゆっくり舌でかき混ぜた後に嚥下《えんか》する。

「ねぇ、やっぱりおかしいよ。堀口は母親を恐れ、縁を切るために失踪した——そう仮定しても謎が残るよね」

　改めて私は言った。

「——堀口が古林奏太を殺す理由がどこにもない」

「そうだな。オレもそこが分からない」

　葉本も分かっていたように肯定する。

　そう、堀口が失踪する動機めいたものは見えてきたが、彼と事件の繋がりが分からない。万が一にも堀口が人を殺すという過ちを犯すとすれば、その相手は母親だろう。

「……誰かを庇っている……とか？」

　新たな推理を展開させる。

　優しい堀口ならば、あり得そうだ。

「……堀口はもともと母から逃げたかった。そんな時、誰かがやむをえない事情で罪を背負ってしまったなら、堀口はその人を庇って失踪するかもしれない」

仮に渡利や田貫が本気で苦悩していたなら、彼は見捨てないはずだ。困窮する彼らを家に招いたように、手立てを考えるかもしれない。

隣で葉本が呆れたように肩を竦めた。

「そんな可能性くらい、オレも考えたよ。でも結局、真犯人は誰かという話になるぞ。渡利も田貫も違ったんだろう？」

その通りだった。渡利が犯人ではないことは、堀口がカマをかけて確かめた。田貫には、介護を手伝ってくれる古林を襲う理由がない。自分たちの中で、二人は一度容疑者から外している。

事件から一ヶ月以上の月日、ずっと考え続けた問いが頭の中で渦を作った。乗り物酔いでもするかのように酩酊《めいてい》し、様々な言葉が混ざり合う。

堀口は誰を庇っている？　――分からない。

しかし、これ以上ヒントを集める術《すべ》はない。事件を解き明かすためには、今ある情報だけで突き詰めていくしかない。

両手で顔を覆い、瞳を閉じる。

　これまでの生活全てが思い返される。初めて堀口博樹が家に招いてくれた日のこと。男女が一つの空間で暮らすことに最初はかなり抵抗があったこと。堀口が居候の人数を増やし、居心地のいい日常が生まれたこと。渡利と悪戦苦闘しながら料理を作ったこと。田貫と一緒にボードゲームで遊んだこと。古林奏太の訃報を知らされた日。堀口に血の付いたナイフを見せられた日。堀口が矢萩自然公園で渡利を追及した日。渡利から得られた証言。堀口と二人きりで田貫の部屋に行ったこと。初めての介護に戸惑ったこと。

　ふと光明が差す。

　それは葉本が語った言葉だったか。

「……シミュレーション」

　堀口が現実を生き抜くために行っていたこと――それが思わぬ事実と結びつく。

　ふっと浮かび上がる、悪意。

　手足に力が入り、無意識のうちに指を組んでいた。身体が冷えるような心地がして、反射的に呼吸を止める。

「どうした？」

「い、いや、まだ推測でしかないんだけど、もしかしたら――」

慌てて推理を語ろうとし、その瞬間、理性が強く制止を訴える。

――葉本に喋っていいのだろうか？

頭を過ったのは、教室でにやつきながら話すクラスメイトたち。まだ不確定である推測を真実かのように吹聴される光景。

口を噤む。食事のゴミを手早くまとめ鞄を背負い、不思議そうな顔をしている葉本に向かって「ごめんっ、用事を思い出した」と伝え、そのまま立ち上がった。

「久米井さんっ？」

葉本を置き去りにして、駅の方向へ駆け出した。

今すぐ会いたい人物がいた。会って確かめねばならなかった。

川土手を駆けながら、発想を整理していく。情報が洗練されるたびに、少しずつ脳裏の想像が鮮明になっていく。浮き上がるイメージに胸が苦しくなっていく。

息が上がり横腹が苦しくなっても、スピードを落とす気にはなれなかった。込み上げてくる衝動が辛くて、少しでも地面を強く蹴って発散させねば、意味もなく叫び出していただろう。

「二人は、本当に追い詰められていたんだ……っ」

田貫のスマホに記録された日記――。

ヤングケアラーの実態など断片しか知らない。田貫凜が抱えた苦しみなど、あの日記には極一部しか記されていない。

介護に青春を費やし、世話しているはずの祖母からも叱責され、一度入所させたはずの施設からも拒否され、日に日に憔悴していく田貫凜。

そんな彼女を横で見ていた古林奏太が何を考えた？

強い責任感を持った彼は幼馴染のために何を決断した？

渡利幸也を水路に呼び出し、突如沈めたという古林奏太の凶行。私たちはそれを、ただの生活保護者に対する憎しみと考えた。満足できる福祉を受けられない田貫家に寄り添った行為だと。しかし、全く違う動機かもしれない。

田貫の家で堀口が教えてくれたことがある。高齢者が風呂場で溺死する事故は起こりうる。介護とは命懸けの現場なのだ、と。

逆に言えば――事故を装った殺人も行いやすいということではないか。

最悪の可能性が浮かび上がる。

前提が覆る。

――田貫凜には、古林奏太を殺すに足る動機がある。

なぜか溢れ始める涙を押さえながら、思考の穴を捜した。

だが、そもそも血の付いたナイフが堀口の部屋から見つかった時点で、四人は容疑者だ。私でも堀口でも渡利でもない。ならば彼女しかいないのではないか？　勘違いであってほしい。

「犯人は、田貫凜だ……っ」

自然と涙が溢れ出た。

それは可能性でしかないはずなのに、直感が真実だと告げていた。

葉本と別れた私は、田貫凜と落ち合った。場所は彼女が指定した。廃ホテル〈ドリームキャッスル〉の駐車場。

夕日が山稜に隠れ見えなくなる、黄昏時《たそがれどき》だった。

ホテルは事件のせいで行政による取り壊しが決まり、出入り口は厳重に施錠されている。堀口のマンションから何度も見た建物は、近くで見ると一層汚れていて、出入り口の看板の「休憩3000円」という文字がなんとも物哀《ものがな》しかった。

駐車場の逆さU字の車止めに腰を下ろすと、古城と、そしてその奥に堀口のマンションが見える。そこに田貫が姿を現した。

私が述べた推理に、彼女は反論することなく「その通りだよ」と言って笑みを零した。

田貫は何一つ弁解をしなかった。

「抗うつ剤」田貫がポケットから小さなピルケースを取り出した。「昼間に眠くなるのは、これの副作用もあるんだよね」

聞けば、彼女は心療内科にも通っていたようだ。高校一年の春頃から不規則な生活が続いたせいで、慢性的に体調を崩しがちだという。

そんな田貫を見て、古林奏太は凶行を決意した。

田貫はスマホを差し出した。

黙って受け取り、小さく息を吸ってそこに映る文章に目を落とした。

【田貫凜の日記】


これは、7月15日に起きた事件の記録です。

いずれ自首する予定の身ではありますが、万が一私の身に何か起こった時のために記しておきます。


私が殺した古林奏太君のことを語ります。

矢萩町立高校で起きた事件を知る人ならば、彼がいかに人格者だったかはご存じかと思います。教室で誰からも好かれていた優等生。私の自慢の幼馴染でした。

私の異変に一番に気づいてくれたのも、彼でした。

高校二年に上がった頃から、私は祖母の介護のせいで毎晩寝れない日々が続いていました。周りに相談はしませんでした。介護の辛さは、経験のない人には理解しにくいからです。話したところで「家の手伝い、偉いね」と慰めをもらうだけでしょう。場の空気を壊すくらいなら、友人とは馬鹿話をしていたいのです。

それなのに奏太は私の変化に気づき、親身になってくれました。「大丈夫か？」と。

それだけでなく「時枝さんにはオレも世話になったから」と言い、介護を手伝ってくれました。

正直、心が救われました。彼の優しさが有り難かった。部活を休んでは度々家に来てくれて、私に勉強するよう言い、祖母の世話をしてくれたのです。

ただ、それが次第に間違いだと思うようになりました。

――彼は真面目すぎたのです。

経験のない人には理解されないのですが、介護には距離感が大事なんです。要介護者に親身になりすぎてはいけない。どれだけ丹精込めて料理を作っても、身体を拭いても、相手はそのことを忘れてしまう。それどころか、少し機嫌が悪ければ怒鳴ってくることもある。性格や気質ではなく、認知症とは、そういうものです。

奏太は次第に苛立ちの感情を見せるようになりました。

生まれ持った真面目さのせいで、介護の手伝いはやめようとしません。募るストレスの矛先は行政や生活保護を受ける地域住人に向くようになりました。

「もっと凛の家に金を割いてくれればいいのに。政治家はクソだ。それに寄生している人間もクソでしかない」

彼は何度も毒づきました。何度も。変わっていく彼を見て、私は何か取り返しのつかないことが起きるような恐怖を抱いていました。しかし彼に助けてもらっている手前、何も言えませんでした。

ただ――これは私自身の過ちですが――寝不足と介護の心労、変わりゆく幼馴染を見て、私はある決断をしてしまいます。

投げ出したのです。

現実から目を背け、クラスメイトの部屋に逃げ込みました。

堀口君の部屋での生活は快適でした。久しぶりに熟睡することができました。現実から目を背け、ようやく得た平穏を堪能しました。

もちろん完全に祖母を放っておくこともできず、深夜時々様子を見にこっそり帰宅していました。それでも失踪生活は居心地がよく、堀口君の優しさに救われました。

本当は、きちんと家に戻らなくてはならない。

そう頭では理解していても、身体はどうしても動きませんでした。

押し入れで勉強をした時に感じた、夢に一歩近づくような高揚。それを手放したくなかったのです。

ありがたいことに奏太はその間、何度か祖母の世話をしてくれているようでした。

私は愚かにも、その優しさに甘えてしまったのです。

しかし七月十四日。渡利君から、奏太に関する相談を受けた時、私はあることに気づきます。

相談は、奏太がある夜、渡利君を川に沈めた、という耳を疑うような内容でした。

最初は生活保護受給者への怒りがとうとう形になったのかと思いましたが、詳しく話を聞く中である推測に行き着きました。

――古林奏太はお祖母ちゃんを殺す練習をしている。

震えました。

入浴介助中に誤って溺死させてしまう事故は知っていました。彼はそれを装って、祖母を殺そうとしている。渡利君を襲い、痣の有無を気にする彼の挙動はそうとしか思えませんでした。

無理に水に沈めたのでは身体に痣が残ると知った彼は、次に何を試すのだろうと、恐れました。

翌日の夜、心配になって帰宅した時、祖母がいないことに気づきました。車椅子もなかったので深夜徘徊ではなく、奏太に攫われたのだ、と悟ります。

かつて奏太が〈ドリームキャッスル〉に入れる方法を知った、と話していたことを思い出し、私は一か八かで駆け付けました。

〈ドリームキャッスル〉の裏口には車椅子が置かれていて、奏太がいると理解できました。初めて入るラブホテルの中は窓が少なく、電気もないので暗く、壁伝いに階段を上っていきました。

三階まで辿り着いた時、階段前の部屋で奏太を見つけました。

彼は小さなバルコニーに立って、空を見ていました。祖母は直接床に座り、眠っているように目を閉じていました。

――彼との会話を覚えている限り、記録します。

「凜。今までどこにいたんだよ、お前」

私を見て驚く奏太の言葉に、私は何も説明せず黙って見続けました。

奏太は目線を逸らすように首を横に振りました。

「なぁ、凜。最近になってオレは分かったよ。オレたちを苦しめる原因が」

「渡利君のせいじゃないよ。ましてやお祖母ちゃんでもない」

「凜には分からないよ。でもなオレは知っている」

奏太は冷酷さを感じさせる瞳で祖母を見つめました。

「オレだけが知っているんだ」

私は目の前にいる人物が、知っている幼馴染と思えなくなりました。

しかし、その失望に彼は気づいてくれなかったでしょう。

「後何年、人生を捨てる気だよ。海外で働くのは子どもの頃からの夢じゃないのか？　なんで凜が犠牲になるんだよっ⁉」

弁解するように、あるいは自分に言い聞かせるように呟かれた言葉はしばらく続きました。聞くに堪えない生活保護受給者への罵詈雑言《ばりぞうごん》や、祖母や私の家族に対する侮蔑の言葉も飛び、耳を塞ぎたくなりました。

「消える町だからだよ」

私は答えました。

「みんな、お金がないの。だから矢萩町はもうなくなる。生活するだけで必死なの。余裕がないんだよ。そのシワ寄せが来ているだけで、良いとか悪いとか、善悪の問題じゃないんだよ。現実で社会で世界の話なんだよ。誰かを攻撃したって、なんともならないんだよ……！」

そこで私は自衛用として隠し持っていたナイフを取り出し、カバーを外しました。

これから私が行う手段が正しいとは思えない。しかし、この瞬間の私には他に祖母を守る方法が分からなかったのです。

「そんなことはない……！」

奏太が座り込む祖母の胸倉を掴み、持ち上げました。

「少なくとも、時枝さんさえ、この人さえ消えれば凜は救われるじゃないか——！」

私は瞬時に動いていました。祖母と奏太の間に割り込むようにして、彼の胸元にナイフを突き出しました。奏太は身を翻し、ナイフは彼の横腹を掠めました。その拍子にバランスを崩した彼はバルコニーの柵の向こうへ消えていきました。

水が入ったペットボトルが落ちたような、鈍い音が聞こえました。

私はしばらく動けず、バルコニーにしゃがみ込んでいました。奏太の血の付いたナイフを握りしめたまま。

やがて微かな声が聞こえました。

「……凜、どうしたの？」

お祖母ちゃんです。薄ぼんやりと瞳を開けて、私の頬を撫でてくれました。

もう私の名前さえ忘れているはずなのに、本当にたまに思い出す時があるのです。

何もこんなタイミングで、と思いました。

「まだ暗いところが、苦手なのかい……？」

「もう大丈夫だよ」私は祖母の手を擦《さす》りながら答えました。その手が温かかったことに安堵しました。祖母は優しく目を細めました。きっと現状は理解できていないでしょう。ここがどこかも分からないに違いありません。座る祖母の腹に私は顔をうずめるように倒れ込みました。

その時でも、そして今でも、誓って言えることがあります。

私はお祖母ちゃんも、奏太のことも、大好きです。

田貫の日記を読み終えた時、しばらく涙が止まらなかった。

田貫凜は古林奏太が死亡していることを確認し、祖母と一階まで降り、車椅子に乗せて家まで運んだという。その後マンションまで戻ってきたらしい。

服の袖で溢れ出てくる涙を拭いて、深呼吸をして感情を整える。

改めて廃ホテルの駐車場を見るが、古林奏太が転落したであろう場所一帯にはテープが張られ、入れないようになっている。身体から衝動的に浮かび上がる言葉を理性で押さえつけ、あくまで淡々と尋ねた。

「この事実に堀口は気づいたんだね……?」

田貫は小さく笑った。

「気づいていたよ」

「彼と二人きりになった時、尋ねられた。『キミが殺したんだね』って。わたしは認めたよ」

堀口と二人で時枝さんの介護をしたあの夜だろう。

その時、堀口は私や渡利には秘密にしておくよう言ったそうだ。知っているのは自分だけだから、と。

彼はなぜ真相を私や渡利には教えてくれなかったのか。

「堀口君は次にこう言ったの――」

田貫は微かに頬を緩めた。

「――もし今、田貫が逮捕されたら、時枝さんはどうなるの？」

ようやく全ての疑問が解け、腑《ふ》に落ちる。

堀口が田貫を庇った理由は、田貫時枝さんの存在だ。彼は田貫の祖母に対する想いを尊重した。

仮に田貫が殺人容疑で逮捕されれば、しばらく家には帰れない。殺人罪の場合、たとえ未成年でも懲役刑はあり得る。その間、田貫時枝さんを支える者はいなくなる。十日間程度の失踪とは訳が違う。

「堀口君、凄いよね。キミは自首するためにマンションから逃げたんだろうって見抜かれた。今キミが刑務所に入ったら、時枝さんを支える人がいなくなるって告げられて。何でもお見通しだったみたい」

田貫いわく、堀口の態度には葛藤も感じられたという。自首を思いとどまらせることに対して、罪悪感もあったはずだ。彼は古林奏太の葬儀に参列し、被害者遺族を見ているのだから。

それでも彼は決意を伝えた。

「僕が答えを出すから、それまで自首は待ってほしい――そう言ってくれたんだよ」

意味深な言葉だった。

しかし、田貫が具体的な説明を聞く前に、堀口は失踪してしまった。渡利に犯人疑惑を投げかけられ、良い機会だと思ったのだろう。結果、堀口はまるで真犯人であるかのように姿を晦《くら》ませ、田貫の日常は保たれている。

「それ以降、堀口から連絡は？」

「ないよ。待ち続けているけれど全く来ない」

田貫は首を横に振る。

「でも感謝はしている。堀口君のおかげで、今はまだお祖母ちゃんの面倒を見てあげられる。学校にも通える」

そうだ、教室には堀口や渡利を犯人扱いする者は多いが、田貫を糾弾する者はいない。私同様に過ごしにくさはあるだろうが、彼女はまだ教室に残れている。

それが良いことなのか悪いことなのかは、分からない。

ただ彼女がいるおかげで、田貫時枝さんはまっとうな日常を送れているはずだ。

「だから、お願い。久米井さん、秘密にしてくれないかな？」

田貫は震える人差し指を口元に当てた。

「いつか絶対に自首するから。それまでは、お祖母ちゃんを守るために、誰にも言わないで」

頷く以外に何ができただろうか。

私は田貫の手を握り、その指先に力を込めた。廃ホテル越しにマンションの906号室をぼんやりと見つめ続けた。

・・・

心の整理もつかないまま、月日は流れる。

山間にある矢萩町は東京より早く夏が去ることを、二年目にして知る。あれほどうるさかった蝉の声が日に日に減り、半袖のセーラー服から伸びる二の腕に冷たさを覚え、薄手のカーディガンが手放せなくなる。

九月が終わっていく。

古林奏太の事件の影響で合唱コンは中止となったが、体育祭は恙《つつが》なく開催された。

私は参加しなかった。田貫も欠席したらしい。渡利だけは参加し、冷たい視線にも負けることなく、額に傷痕を残したまま百メートル走で一等を取った。その事実を、翌週掲示された校内新聞で知った。

例の動画チャンネルは再生数を伸ばしていた。

事件から時間が経って、再生数は一段落すると見込んでいたが、複数のチャンネルが競合するように自説と情報を展開し、異様な熱が生まれていた。SNSでは相関図が作られ、いくつもの憶測が飛んでいる。

事件初期から投稿していた〈プッシャー・チャンネル〉はいまだ「渡利犯人説」――動画内では失踪者B――を推して、校内と分かる写真が貼られた。他のチャンネルでは「堀口犯人説」、「古林自殺説」が支持されていて、いまや〈プッシャー・チャンネル〉と同じくらい再生数を伸ばしていた。後者では、矢萩町立高校の細かい校内事情が語られていた。

――校内に情報提供者がいる。

そんな噂が囁かれ、やがて担任教師からみだりに学内の情報を漏らさぬよう通達された。そんな警告が無意味なのは明らかだったが。

動画チャンネルにさほど興味は持てなかった。

私の中で事件は終わっていた。

犯人扱いされている渡利には酷だったが、私にできることなどない。このバカバカしい情報合戦はいずれ廃れるだろうし、それまで耐えるのが最善だろう。

堀口博樹が矢萩町に戻ってくることはない。

残されたその事実だけが虚しかった。

葉本との調査も既に終わっていた。

〈ドリームキャッスル〉で田貫の話を聞き終えた私の元には、葉本から何通もメッセージと着信が入っていた。そういえば萩中市で置き去りにしてしまったな、と改めて思い出し、彼に電話をして「調査は打ち切りたい」と申し出た。

葉本は大分、食い下がってきた。

《なぁ、久米井さんは何か気づいたんじゃないか？　教えてくれよ》

追及はかなりしつこかったが、田貫との約束を思い出しつつ「何も知らない」と言い張り続けた。「堀口はもう戻って来ないんだよ。諦めなよ」とも。

それでも葉本は納得せずに、結局小一時間も粘られた。

やがて大きな溜め息が聞こえてくる。

《じゃあ、せめて一個だけ教えてくれ。久米井さんが家出した理由って何？》

そんなことがなぜ気になるのかは分からなかったが、拒絶するのも憚《はばか》られた。田貫との約束とは無関係だし、葉本には堀口の情報を提供してもらった恩もある。

「ストーカーに自宅特定されかけただけ。もう大丈夫」

当たり障りのない情報だけ明かした。

葉本は「人には色々あんだね」と分かったような口を利いた。

電話を切り、以降連絡は取らなかった。


二年A組の教室ではいまだ腫物扱いされるような日々が続いていた。

私だけではない。渡利、田貫も同様だった。私とは違い、本来友人の多かったはずの渡利や田貫が周囲から避けられている事実は、胸が痛くなった。

「古林が亡くなった真実を知っているのではないか」「堀口もまた彼らに殺されているのではないか」「今もなお怪しい企《たくら》みを続けているのではないか」「学校の評判を下げた事実をどう思っているのか」

周囲からの視線は、時に針のように心に突き刺さる。アイドル時代の炎上から既に学んだはずなのに、糾弾するような瞳は何度でも鮮烈な痛みをもたらした。

それでも私は教室から離れなかった。

席に着き、図書館で借りた『排除型社会』を開く。予想の数倍難解な文章であった。

その文字の隙間に堀口博樹がいるような気がした。

――彼が田貫に約束した『答え』とはなんだろう？

七年前に虐待を受けて以来、世界に怯え続け、ゲーム制作を通して生き方を模索した少年は、どんな結論に辿り着いたのか？

それだけが気になっていた。

九月の最終日、私は学校が終わると、普段通り帰宅した。私もまたかつての日々に舞い戻っていた。歌う当てのない曲をノートに書き散らすのみ。もういっそ音声合成ソフトに歌ってもらおうと考え、ソフトの勉強をしている。

自室に戻った時、机に一通の封筒が置かれていた。

私宛に届いたものを、親が置いてくれたらしい。アイドル引退後もかつての仕事関係の書類がたまに届くことがある。その類いだろう。

ロクに差出人も確認せず、私は封筒を開封した。

そこには一枚の手紙とＵＳＢメモリが入っていた。

《良いゲームができました　堀口博樹》

教室が激変する三日前だった。

7章

【王様は言った。『魔王は倒さなければならない。なぜなら魔王だからだ』】

堀口のゲームはそんなプロローグから始まった。

黒い画面に白い文字が流れた後、主人公の名前や性別を打ち込み終わると、物語が始まる。ボロボロの西洋風の城に、一人の勇者が立っていて、王様に『魔王を倒してくれ』と命じられて、冒険が始まる。

気味の悪いプロローグだ。主人公が何者なのかも、なぜ魔王を倒さなければならないのかも、ハッキリと示されない。周囲から求められるがままに砂漠や森、洞窟を冒険し、魔王の手先に立ち向かい続ける。

ゲームシステムは、これまで堀口が作っていた二作品のものが踏襲されている。戦闘時のコマンドが豊富だ。一体の魔物にいくつもの攻略法が用意されている。攻撃するべきなのか、話し合うべきなのか、懐柔するべきか、常にプレイヤーは迷わねばならない。同じ敵でも飽きない。

そしてストーリーが進行するにつれて、次第に三作品目の特徴が明らかになってくる。

――魔王が多い。

本来ラスボスで一体しかいない魔王が、何体もマップ上に点在している。ゲーム内のキャラクター、いわゆるＮＰＣは各々別の魔王の伝説を語る。「東の氷山に邪悪な化身がいる」と宣《のたま》う者もいれば「砂漠の奥地にある遺跡に魔王はいる」と訴える者もいる。「真実の魔王は自分だけが知っている」「私だけが本物の魔王を知っている」その情報の錯綜《さくそう》は不気味でもあったが、翻弄される勇者は滑稽で、ダークな雰囲気に愉快さを与えていた。

数々の噂話に惑わされながら、勇者は冒険を続け、世界各地にいる魔王候補と出会っていく。

そして旅の果てに、勇者は一つの終わりに辿り着く。
・・・

三日間、私は堀口から送られてきたゲームに熱中した。

学校以外の全ての時間を自室に籠って、プレイに費やした。ゲームは私のノートパソコンで起動できた。十字キーで操作してもよかったが、わざわざゲーム用のコントローラーを買ってきた。最初はそこに堀口の在処《ありか》を探るために始めたが、一度起動すると、あっという間に世界観へ没入した。

途中には私が作ったＢＧＭも採用されていた。渡利や田貫が提案したアイデアも含まれていた。堀口はそれらを効果的に用いて、ストーリーに昇華させていた。

エンディングを迎え、画面が眩《まばゆ》い光に包まれた時、自然と涙が出てきた。

得難い達成感に包まれながら、天井を見上げる。

お世辞抜きに良いゲームだった。

「本当によく完成させたよね、堀口……」

呟きながら、エンディングの画面をじっと見つめる。黒い画面に白文字でスタッフロールが流れていた。楽曲担当の欄には、私のイニシャルが入れられていた。スペシャルサンクスの欄には、田貫、渡利のイニシャルも刻まれている。

エンディングが終わると、奇妙な画面に辿り着いた。

ん、と声を漏らして、目を凝らす。

このメッセージは、そのために用意した。》

再度ボタンを押す。

《葉本卓を止めてくれ》

指先が止まった。

文章の真意が理解できなかった。なぜここで葉本が登場するのか。

次にヒントがあるのだろう、とボタンを押そうとした時、テーブルに置いたスマホが耳障りな着信音を響かせた。無視したかったが、今の私に着信など珍しい。手に取ると、渡利幸也の名前が画面に表示されていた。

「どうしたの、渡利」

《すまん、久米井。少し確認していいか？》

通話ボタンを押した直後、緊張感のある声が届いた。

《違うなら笑ってくれていい。お前は——反町イクネというアイドルだったのか？》

喉を絞められるような感覚を抱く。呼吸が止まる。

「──どこで、その名前を？」

《例の動画チャンネルだよ。さっき配信された最新版。すぐ見てくれ》

通話を繋げたまま、一度ゲームを止め、目の前のパソコンを操作する。

ここ最近はチャンネルなど見向きもしなかった。確認すると〈プッシャー・チャンネル〉が三時間前に新たな動画を投稿しているのが分かった。

最新動画は既に再生数が三万を超えている。『矢萩町立高校連続失踪事件⑱』という動画のサムネイルに、でかでかと赤い文字が配置されていた。

【『速報』失踪者Aの正体は某炎上アイドルと判明!!】

身体が凍る感覚と共に、私は再生ボタンを押す。

小さな悲鳴をあげていた。

投稿者はプライバシーの配慮を一切やめたようだ。高校一年生時のクラス写真が動画に貼られていた。マスクをつけた私の部分だけ切り取られている。その写真がアイドル時代の宣材写真と並べられている。見比べれば、同一人物なのは明らかだ。

「後でかけ直す。教えてくれてありがと」と渡利に伝え、通話を切る。

すぐさま匿名掲示板やSNSを確認したが、既にこの動画が大きな反響を呼んでいた。もともと根強く残っていた私のアンチが、ここぞとばかりに活動を再開したらしい。動画の根も葉もない推論は、転載されるたびに「らしい」や「ようだ」という文字すら消え、あたかも真実であるかのようにネットの海に広がっていた。

【元アイドル・反町イクネが、転校先の高校で、男子生徒を誑《たぶら》かし、殺人を命じた】

【殺人犯と言われる男子生徒は、今も失踪中。彼はインディーズゲーム販売で成功し、多額の金を持っていた】

【反町イクネは失踪した男子生徒の家で二週間以上、暮らしていた模様】

謎多き連続失踪事件に、アイドルという分かりやすい記号性が加わり、大衆受けする題材に成長したようだ。

その晩、私は呆然と炎上が広がる様を見届けた。

書き込みによればストーリーは以下のようらしい。

『反町イクネは承認欲求と独占欲に塗《まみ》れ、東京でアイドルを目指したが、ファンに愛想を尽かされて、引退。その後は田舎の冴《さ》えない高校でちやほやされる生活を送っていたが、それを壊そうとするクラスメイトが現れた。彼女は金のある男子を誘惑し、そのクラスメイトを殺させた』

陳腐なほどに分かりやすい設定の悪女像だ。もはや乾いた笑みさえ漏れる。

これ以上は見続けられない。パソコンの画面を閉じた。ゲームをプレイしたあとの温かな余韻は消え、悲痛が溢れ出した。胸元を握りしめる。

スマホは通知を流し始めている。クラスのグループラインにも動画が貼られたらしい。しかし私に届くのは氷山の一角で、噂の大半は、私が所属していないグループで飛び交っているだろう。

「葉本だ……」

私はベッドに倒れ、天井を見上げながら呟いた。

「アイツが、チャンネルの投稿主だったんだ……」

あのチャンネルに投稿される動画は、二年A組の事情に精通しすぎていた。校内に情報漏洩《ろうえい》する者がいるという噂もあった。私は迂闊にもマスクを外した姿も声も、葉本に知られてしまった。堀口の調査に気を取られ、油断していた。

まずは問い詰めなければと再びスマホを手に取った時、メッセージが届いていたことに気が付く。葉本からだった。

《明日の13時。二年A組の教室で待つ》

用件は記されていない、呼び出し。少なくとも良い予感はしない。

煮えたぎるような怒りを感じながら、葉本の動画チャンネルを確認する。かつては登録者が一万人にも満たなかった〈プッシャー・チャンネル〉だが、炎上騒ぎにより大きく注目を集め、午前零時を迎える頃には大台に乗っていた。

——登録者十二万人。

もう彼はただの高校生ではない。これほどの騒ぎを起こしているのだ。退学も覚悟をしているはずだ。教室という枠組みに囚われない場所に、彼はいる。十二万人の人間に後押しを受ける、動画配信者だ。

しかし、教室に行かないという選択肢は私にない。

腸《はらわた》が煮えくり返っていた。私の個人情報を晒されたことだけではない。これまで堀口、渡利、田貫を動画で嘲笑《あざわら》ってきた行為を許す訳にはいかなかった。

・・・

堀口からのメッセージには、葉本卓について記されていた。

《まず謝りたいけれど、ここでは僕が失踪した理由は明かせない。

ごめん。どうしても知りたいなら君自身で真実に辿り着いてほしい。誰かの人生に大きく関わることだ。あるいは聡明《そうめい》な久米井のことだから、真相を解明しているのかもしれないけれど。

ここでは葉本卓のことを教えておきたい。

僕の腐れ縁であり、ビジネスパートナーでもある男だ。

〈プッシャー・チャンネル〉の投稿主は、おそらく葉本卓だ。

『おそらく』というのは、本人に確認を取っていないから。ただ、あの動画の作り方は葉本がこれまで作ってくれたゲームの宣伝動画に似ている。バズりやすいよう、サムネイルで映えるようデザインする彼が好む手法だ。

目的は金だろう。

もともと葉本卓には、金に執着する性質があった。もちろん、それだけなら悪いことじゃない。僕のゲームだって彼の働きがあってヒットした。決して売るために作ったゲームではないけれど、あの売り上げがなければ、キミたち三人を居候させるのは不可能だったはずだ。

幼少期の貧しさのせいで葉本は大きな孤独を経験した。彼の根底には、その哀しみがある。金を稼いで人生を切り拓《ひら》くんだとよく自分に言い聞《き》かせるように言っていた。

葉本卓はたびたび倫理観に欠く手法を用いた。

キャッチコピーは剽窃《ひょうせつ》めいた部分もあったし、僕に時々盗作を示唆するような注文もした。特定の国籍や集団を中傷するようなテーマを提案し、悪評だろうと目立つことを最優先した。

彼はそのあらゆる行為を、周囲の責任だと転嫁した。自分と母を捨てた父親が悪い、生まれ育った矢萩町が悪い、停滞する日本が悪い、とあらゆるものを糾弾し、攻撃し、最後には『この町で生きていくには仕方がないことなんだ』と自己肯定した。

――オレたちでゲーム会社を作って、この町を出て行こうぜ。

時折、葉本が眩しいものを見るような目で語ってくれた。僕も悪くないと考えた時期もある。矢萩町を離れた地で生きることを夢見ていた。しかし彼の攻撃的な言動が見えるたび、心は彼から離れていった。

僕は彼のことが嫌いじゃない。とある施設で初めて出会った時、優しく背中を叩いてくれた瞬間は忘れられない。

けれど、どうしても今の彼を受け入れられなかった。キミと出会う直前のスランプの一因はそんな彼との間にある溝にもあった。

僕が心残りなのは、葉本卓のことだ。

彼は僕が失踪して以降、タガが外れたように高頻度で動画を投稿するようになった。

高校卒業後、僕とゲームサークルを法人化するという予定が崩れたから、何か収入源が欲しいんだと思う。たとえ、それが倫理観に欠く行為であっても。彼が投稿しているのは名誉毀損スレスレの代物なのは、キミもよく理解しているはずだ。

お願いだ。彼を止めてほしい。

といっても、そう大きな頼みじゃない。あらゆる責任を放棄して逃げた僕に、図々しい頼み事をする権利はないだろう。それに、葉本には葉本の倫理と信念があり、そう簡単には変えられない。

だから、たった一言だけでいい。

葉本卓に、僕の言葉を伝えてほしい。》

・・・

矢萩町立高校では例年、十月の第一土曜日にボランティア活動が行われる。学校周辺で清掃活動をするため、全校生徒が参加することになっている。

葉本は土曜日の昼に照準を合わせたようだ。

朝目覚めた時、青空をうろこ雲が埋め尽くしているのに気が付いた。午前のボランティアをサボり、堀口のゲームで遊んだ。一度クリアした後でも、やりこむ要素はあった。自然と心は落ち着いていた。

昼間に登校した私を出迎えたのは、困惑した顔のクラスメイトたちだった。教室の外の廊下に彼らは並び、気の毒そうな表情で私を見つめている。もう帰宅していいだろうに帰らないようだ。他のクラスの生徒も二年A組の教室の前に集っている。中には私を面白そうに窺う視線も入り交じっている。

辟易《へきえき》しながら見つめていると、女子の一人が「久米井さん」と歩み寄ってきた。

「帰った方がいいよ。葉本、おかしいよ。配信する気みたい」

そんなことだろうと見当はついていた。

「今先生を呼んでるから。待った方がいいよ」

私は小さく首を横に振った。心配してくれるのは嬉しい。が、このタイミングを逃せば、葉本と話す機会はない気がした。

覚悟を決めて教室の扉を開いた。中の様子は一変していた。椅子や机が教室の端で乱雑に積み上げられ、バリケードが築かれている。教室の中央がぽっかり空いて、ステージのようにも見えた。手の込んだ演出だった。

葉本は教卓の隣に座っていた。

試験監督をする教師のような位置だ。教卓にはカメラが置かれ、その隣の机にはパソコンが置かれている。どうやら葉本自身はカメラの死角にいるようだ。頬を緩めながら、葉本はパソコンに触れた。

スマホの通知が鳴る。

生配信が始まったらしい。私はスマホで確認する。画面の中には、スマホ片手に顔をしかめる私が映し出されていた。視聴者数は七千人。土曜の昼間という時間帯が功を奏したらしい。待機していた視聴者がコメントを打ち込んでいき、画面の端に展開されていく。

動画には『生配信「矢萩町立高校連続失踪・殺人事件」反町イクネを糾弾する』とタイトルが付けられていた。

葉本がパソコンに口元を近づけた。

「矢萩町立高校二年A組の教室から生配信——お待たせ、視聴者の方々。目の前にいるのが件《くだん》の反町イクネだ」

視線を私に寄越した。

「反町イクネさん、何か喋ってくれないか？　視聴者が望んでいる」

本人証明らしい。前髪とマスクで顔を覆い隠した私は、一目では反町イクネと判断しにくい。同一人物か疑う声もある。

抵抗はあった。声を出せば、私が反町イクネと自己紹介するようなものだ。教室では一言たりとも喋らず過ごしてきた。怯えていた。私の声がクラスメイトに聞かれ、万が一にも過去を暴かれることを。

喉が張り付いたように乾いている。

その時、廊下に大声が響いた。男性の生徒指導教員が来たらしい。集っている生徒に退くよう命じて、二年A組の教室に入ろうとしている。

「来ないでっ！」

廊下に向かって怒鳴った。

自分でも意外なくらい大きな声が出た。私が初めて出した声に、廊下で見つめる生徒が困惑するように呻いた。足を止めた教員に「葉本と話をさせてください」と伝え、教室内へ身体を向ける。

そうだ、私は葉本卓と話をしにきたのだ。

彼は足を組み、こちらを値踏みするような視線を飛ばしてくる。

「どうして」私は尋ねた。「どうしてこんなことをするの？」

「真実を知らしめるためだよ」

葉本が薄い笑みを浮かべて答える。

「なぁ、反町イクネさん。アナタは事件の真相を知っているんだろう？　ここで今すぐ話してくれ。オレの動画は見てくれただろう？　真実とは違ったか？」

私は拳を強く握っていた。

やはり葉本は私が真実に辿り着いたことに感付いているらしい。だが、私がそれを明かせるはずもない。田貫と約束した。誰にも秘密を漏らさないと。

「じゃあ、やっぱりキミが犯人なのか」葉本は挑発的に言う。

「……本当に真実を広めたいの？　登録者を増やしたいだけでしょ」

ハッキリと告げる。

「自分の利益しか考えてないくせに無茶苦茶なことを言わないで。不愉快」

「そう無茶苦茶じゃないさ」葉本はゆっくりと間を取った。「キミと堀口博樹が出会わなければ、事件は起きなかった」

さらりと堀口の名を出されたことで身体の奥が冷える。

「なにそれ。だから私に責任があるとでも」

「そうだよ。全ては、キミが堀口の家に逃げ込んでから始まった。違うか？」

反論の言葉がすぐ出なかった。

葉本の言葉は確かに真実の一側面だ。

全てはマンションの屋上で私と堀口が出会った時に始まった。堀口は私を匿い、同居人として渡利と田貫が加わった。そして渡利から古林の相談を受けた田貫は、祖母の危機に気が付き――。

葉本が楽しげに鼻で笑う。

「あぁ、そうだ。こんな質問が来ているよ。反町イクネさん、当事者E――もう堀口とはヤッたの？」

「……どうでもいい質問だね。失踪事件と無関係じゃん」

「しょうがないよ。皆が気になっているんだよ」

葉本がパソコンの画面を私の方へ向けた。

カラフルに彩られたコメントが次々と表示されていく。私に読めるよう、コメントは拡大表示されていた。投げ銭も見えた。中には一万円を超える額もあった。

あまりにふざけている。

葉本はあえて私を挑発しているようだ。私の感情を揺さぶり、本音を引き出して配信を盛り上げるためだろう。彼は真実などどうでもいいのだ。私を揺さぶり真相を引き出せれば儲《もう》けもの。私をダシにして登録者数が増やせれば、それでいい。

そこには信念も倫理もない。あるのは他者を利用し、利益を貪る欲望のみ。

「答える意味が分からない」

私が深呼吸の後に告げると、葉本は「そうかな」と不服そうに首を捻った。

「なぁ、反町さんはアイドル時代、さんざん稼いできたんだろう？　自分の顔を晒して幸せになったくせに、他人が晒したら文句を言うのはワガママじゃないか？」

あまりに荒唐無稽な論理だった。

しかし、動画のコメント欄には『よく言った』『見事な論破w』という文字が流れていた。

葉本に対する賞賛ばかりだ。

この展開を分かっていたように葉本は笑みを零した。

「オレはね、古林奏太の気持ちも分かるんだよ――あぁ、亡くなった生徒だよ。視聴者諸君は聞いてくれ。誰よりも誠実な心を持ったクラスメイトの想いだ」

聞き取りやすい抑揚をつけ、彼は言葉を並べる。

「古林は亡くなる直前、友人にこんな本音を漏らしていた。――オレたちは奪われているんだ。全ての苦しみは剝奪に起因する。上級国民から政治家から老害から、少しずつ幸福をもがれている。目に見えない搾取だ――とね。古林は人知れず闘っていたのかもしれない。けれど志半ばで殺されたんだ」

　葉本は息を吐いた。

　自分こそが古林奏太の代弁者であるかのように。

「腹立つよな――奪われたものは奪い返さなきゃいけない」

　配信動画に目まぐるしく書き込まれるコメントと、次々に飛び交う投げ銭の表示。

　私は逃げ出したい気持ちを堪える。

「……私には関係がない」

「いいや違う。オレには分かる。オレだけが知っている」

　葉本は誇らしげに告げた。

「久米井那由他、お前なんだよ。この教室に不幸をもたらした、犯人は」

　言葉を失った。

　葉本と私との間にあるズレを通して、葉本と堀口との間にあった断絶が見えるような気がした。どうしてここまで違ってしまったのか。二人の少年は養護施設で出会い、共に町を恨んだ。一人は現実に適合しようとしてゲームを作り、もう一人は強《したた》かに生きる術を身に付けた。出発点は同じなのに、どうしてここまで異なる？

　古林奏太の死さえ、葉本はあまりに利己的に利用していた。

　確かに古林は剝奪を恨んでいた。田貫時枝さんの介護のために田貫凜の人生が犠牲になることを嘆き、そして恨み攻撃した。けれど、その行為はあくまで田貫凜への愛情からであり、社会に対する復讐《ふくしゅう》などではない。

《ほんとそれ》《マジで若い世代搾取されすぎ》《オレも親にぶん殴られてきたから共感》《古林君は上級国民に歯向かって殺されたってこと？　田舎こわ》《きっつ》

一連の事件は日本全体の格差問題にすり替わって消費されていく。

「……腹いせだ」

他に言葉が出てこなかった。

「葉本、堀口から捨てられたことが辛いんでしょ。そんな時、たまたま炎上しやすいサンドバッグを見つけて、発散しているだけでしょ」

「……そうじゃない」

彼は即座に否定するが、一瞬、唇の端が僅かに痙攣《けいれん》したのを見逃さなかった。そこに彼の人間らしい部分が垣間《かいま》見《み》える分、今の状況が辛かった。

理解しえない他者が目の前にいる。

「お前たちも怒れよ」

葉本は椅子から立ち上がり、廊下へ声を飛ばした。

さっきから廊下に群がっている二年A組の生徒たちは、一言も発言しない。気配を消したように口を噤み、決して教室内には踏み込んでこない。動画に晒されるのを恐れているのか。

葉本は挑発するように笑った。

「古林奏太が亡くなって、矢萩町立高校の名声が地に落ちて、どう思う？　将来に影響ないと思ってんのか？　お前らは殺人事件が起きたクラスの一員なんだぞ」

一番先頭に立っていた生徒数名が息を呑む。

私はかつて教室で聞いた噂話を思い出した。高校三年生の就活生が面接時に受けた、下世話な質問。合否に全く関わるはずもないと笑い飛ばす生徒はいなかった。

就職組は、誰もがセンシティヴになる。どんな些細なことでも重く圧《お》し掛《か》かる。

葉本は改めて私の方を見た。

「その点、久米井さんはいいよな。アイドル時代の貯蓄もあるし、ルックスも良いんだし活かせる方法はいくらでもあるだろ？　また東京に戻るのか？」

「戻れる訳ないじゃん。葉本たちと変わらないよ」

「その鈍感さが気に食わない。ド田舎で就職先を奪い合っているオレたちとは違う」

一つ一つを勝手に決めつけられる。

暴力性を帯びた言葉に口内が乾いていく。

「ずっとそうだろ？　教室で自分は無関係と言わんばかりに、無言を通し続けた。一言も謝らずにな。全てはお前の失踪から始まっているのに」

より張り上げた声で葉本は言った。

「――この悲劇を生み出した犯人という自覚を持て」

言葉が鈍く鳩尾にぶつかる。

もちろん、言い返す方法はいくらでもあった。滑稽な論理を嘲笑うこともできた。しかし、多分ここではそんなルールは通じない。言葉の正当性は、勢いや場のノリという大きな暴力的な力によって潰され、消えていく。

知っている。ネットリンチだ。求められるのは、それらしい建前と標的を叩きのめしたいという熱気だけだ。私の声など届くはずもない。

打ちのめされたような悔しさとえぐみが口の中いっぱいに広がった。

パソコンの画面を見れば、教室の中央で立ち尽くす惨めな少女が映っている。

動画左下に映る視聴者数のカウントが一万を超える瞬間を、どこか非現実な感覚で受け止めた。

それでも何かを言おうと、喉を必死に震わそうとした時だった。

「……違うよ」

教室に声が生まれた。

私が出したものではなかった。葉本の声でもない。

振り返る。

その声を発した人物は、渡利幸也でも田貫凜でも、ましてや堀口博樹でもない。

――私が知らない女子生徒だった。

眼鏡をかけた利発そうな少女が扉のところに立っていた。二年A組のクラスメイトだろう。見覚えはあるがハッキリとした自信はない。溝井という名だったか。

――なんだ？　彼女は。

彼女は椅子のバリケードの隙間を通り、ゆっくり教室の中に入ってきた。

「犯人は、久米井さんじゃないよ。堀口だよ。何言ってんの？　葉本」

上ずる声で、それでもハッキリと口にする。

「久米井さんが誘惑したって根拠がないよね？　じゃあ、やっぱり堀口でしょ？　こんなのおかしいよ。叩くべきは堀口でしょ？」

私は呆然とした心地で見つめる。

葉本も目を見開き、突然の闖入者《ちんにゅうしゃ》に困惑している。

議論をかき乱される予感に焦ったのは葉本も同じだろう。

何も言えないでいると、今度は別の男子生徒が入ってきた。

「いや、渡利だろ。どう考えたって」

彼は覚えている。高橋だった。

「実は目撃者がいるんだ。事件が起きる前、ずぶ濡れで夜道を歩く渡利を見たって奴が。古林とトラブってたんだろ。堀口と久米井は脅されているだけの被害者だ」

新たな情報を出しながら、高橋もまた的外れな推測を述べた。

私はやはり何も答えられない。葉本も同じだ。

堰を切ったように、他の生徒たちも言葉を発し始める。その声は、二年A組のクラスメイトのものだけではない。

「だから堀口博樹が犯人だよ！　こんな動画今すぐやめろって」「え、待って。でも久米井さんも怪しくない？」「アイドル時代のスキャンダルってマジ？　他のアイドルを引退に追い込んだとか」「でも、久米井が古林を殺す動機ってなんだよ。なくない？」「普通に半グレに殺されただけじゃない？　犯人が高校生なら警察に捕まらない訳ないでしょ」「うん。あのラブホテル自体、胡散臭《うさんくさ》い噂も多いし」

配信を止めようと割り込んでくる者、葉本の発言に反論する者、胸の内に秘匿していた新事実を明かす者、関係者の悪事を告発する者——無数の生徒たちが配信映像に飛び込んできた。

どういう状況なのか、分からない。

ただ無数に生まれる声の中で、ふと頭を過るものがあった。

——〈プッシャー・チャンネル〉以外の動画チャンネル。

矢萩町立高校の失踪事件を精力的に取り上げているチャンネルは、今や葉本の〈プッシャー・チャンネル〉以外にも無数にある。これまで葉本卓が推していた「渡利犯人説」以外にも、「堀口犯人説」や「半グレ犯人説」を展開する動画もあった。

教室でクラスメイトたちが各々の持論を展開していた光景を思い出す。

「お前ら、一度黙れ！」

慌てたように葉本が声を張り上げた。

「黒幕は久米井だって言ってるだろう？　いいから一度、静かにしろ」

必死に飛ばした大声も、集団には届かず勢いに飲まれていく。

「だから、根拠ないし」「結局自殺の可能性ってないの？」「――ごめん。今まで黙ってたけど、言うわ。犯人は堀口だよ。アイツ、図書室で殺人に関わる本借りてるの見た」「借りてるだけじゃん」「小学校時代の渡利を知らないから、そんなこと言えるんだよ。本性はかなり暴力的なんだよ。知ってるの、ワタシだけ？」

言葉が飛び交う。

言葉が飛び交う。

言葉が飛び交う。

パソコンの配信画面もまた教室の混乱に釣られるように『は？』『今なに待ち？』『結局犯人誰よ？』と疑問符が続いていく。困惑する視聴者にかける言葉も忘れて、葉本は他の生徒たちを宥《なだ》めるが効果は見られない。

その状況を静観するうちに、少しずつ事態が呑み込めてきた。

彼らの議論に影響を与えているのは〈プッシャー・チャンネル〉以外の動画チャンネルだろう。これらもまた矢萩町立高校の内部情報を流し、再生数を伸ばしていた。矢萩町立高校の生徒たちはこれらから情報を知り、噂を交換し合っていた。

そして、それらの動画チャンネルは全て堀口の失踪後に作られている。

新しい動画の投稿者は堀口だ——そう悟った時、私は口元を緩めていた。

目の前の光景には既視感があった。

「そもそも体格的に殺せるのは渡利だけなんだって。他の三人がナイフ持っても、運動部の古林に勝てるはずないだろ」「ばーか。ナイフあれば女性でも男は殺せるだろ」「いや、それソースなに？」「でも久米井さんだけが犯人は無理でしょ」「田貫は絶対協力者でしょ。幼馴染でもなければ、夜にホテルに呼び出せないって」

人々が好きに悪人の名を挙げ、攻撃していく光景——笑わずにはいられない。

堀口博樹が完成させたゲームと全く同じだ。

ゲーム内の登場人物はそれぞれ、自分の語る魔王こそが諸悪の根源だ、と喚《わめ》く。討たねばならない、と暴力を促す。そこに厳密な根拠など存在しない。『自分だけが犯人を知っている』という確信が論理を超越する。

それと全く同じ情景が生まれていた。

高橋は、しつこく渡利を糾弾する主張を続けている。かつて私と対立した柴岡は、私が黒幕という説を唱えていた。最初に配信に割り込んだ溝井は、やはり堀口がおかしいと叫び続けている。混乱が生まれた教室を撮ろうとスマホを向ける男子生徒を、別の男子が批難して殴り合いを始めている。どこか冷めた態度で「結局、四人全員が共犯じゃないの？」と全てを知っているような口ぶりの女子に、「根拠はなんだよ」と怒号が響く。

濁流のように荒々しく飛び交う罵声を聞きながら、私は瞳を閉じていた。

――そうだよね、堀口。

――不安定な世界に生きる私たちは、悪人を叩くことで安心を得ようとする。

頭の中で、堀口から教えてもらった『排除型社会』と、そして、クラスメイトたちの熱弁が混ざり合う。

「だから犯人は――」クラスメイトたちの耳を劈《つんざ》くような声が鳴る。「もっとも怪しいのは渡利であって」「田貫とは親しかったから――」「お前に何が分かるんだよ」ジョック・ヤングの記述が交わる。『人々のあいだの差異は、時代を超えて一定の「本質」にもとづいている、と考えられるようになった』押し倒されていく机。「ずっと教室の端にいるお前みたいな奴に古林の心が分かるかよ」先生の怒号さえ誰も聞かない。『恐ろしい行動や慣習的行為も、本質主義によって正当化される』窓ガラスにヒビが入る。『逸脱者は誘惑に負けた人々として描かれる』堀口博樹を虐待した母親も、生活保護受給者の渡利を批難する声も、田貫凜のために田貫時枝を殺そうとした古林奏太も、反町イクネをネットリンチした人たちの心も、私には分からない。「どうして理解できない？」「犯人はオレだけが」「あたしだけが」「自分だけが知っているのに」

――理解し合えない。私たちは本質的に違うから。

相互理解など糞くらえ――そんな皮肉な諦念が堀口のゲームを彩っていた。登場人物たちは何体も、何十体も、魔王と思われる可能性を挙げながら「倒してくれ」「倒してくれ」と勇者にせがむのだ。決して報われることはない。一体倒せば、また新たな村人が「あそこにいるのが本物の魔王だ」と宣う。

限りなく不毛な冒険。

緩やかな絶望が支配する国では、新たな魔王候補が尽きることはない。勇者はやがて呆れたような瞳で笑い、剣を置いたところでエンディングを迎える。

「あー」私は、主人公のセリフを口にした。「くだらねぇ」私は声を取り戻す。

堀口のゲームが与えてくれた勇気で、私は一歩前に歩き出した。

足から教室の床の固さを感じ、一歩前に歩き出した。

葉本は口論が止まらない教室を眺め、もはや止める気力もないのか両腕を脱力させている。彼にも想定外の事態だろう。

「葉本、もういいかな？」私は彼の前に立った。「なんか、どうでもよくなっちゃった。私の用件ってさ、堀口の伝言を届けることだけだしね」

「……伝言？」

「――『今までありがとう。さようなら』」

葉本の顔が一瞬、潰れたように歪んだ。

見ていられず、小さく首を横に振る。

「ねぇ葉本。多分アンタ、人生でとても大事なものを失ったよ」

それを彼が再び得られるのかは分からない。

踵《きびす》を返《かえ》して、教室の外へ向かう。伝言を届けた以上、教室に留まる理由がない。根拠なき言葉をぶつけ合うだけの無意味な闘争に、参加したくない。

葉本は私を引き留めようとして、右腕を伸ばしてきた。慌てて振るわれた彼の腕は教卓にぶつかり、カメラが床に転がる。

　ライヴカメラは教室ではなく、葉本の顔を大きく映し出した。

《これが葉本？》《うさんくせぇ。一番怪しい顔してる》《堀口博樹と仲良かったの？　怪しすぎるw》《キモ》《登録者増やすための虚言説》《ありえそう》《殺人事件に便乗して、適当な噂でっち上げたんじゃない？》《通報だな、通報》

　葉本はカメラの存在にも、流れていくコメントにも気が付いていないようだった。

私の手をぐっと摑んでくる。

「逃げるのかよ？」

「そうだよ、暇じゃない」

　葉本の手を振り払い、大きく息を吸った。

「一生やってろよ。私はこんな配信も、群がる奴らも、大ッ嫌いだっ！」

　叩きつけるように出した大声は、私が思ったよりも強く響いたらしい。あれだけうるさかった教室が一度静まり返り、パソコンを流れるコメントも停止した。

　教室の外へ足を向ける。

「――だから、もっと何百倍も心躍るものを私は作ってみせるよ」

　良い音楽を作りたいという熱が身の内に滾《たぎ》っていた。こんな無意味な狂騒よりも、もっと人が夢中になれるものを生み出したい。人を攻撃するより、もっと面白いものがあるぞ、と叩きつけてやりたい。

それが、私の生き方なんだと心の底から思えた。


二年A組の教室から去り、昇降口に辿り着いたところで田貫と渡利が待っていた。彼らも学校には来ていたが、教室には入らずここで待っていたようだ。

「映像見てたよ」田貫が笑った。「久米井さん、カッコよかったね」

私はさっきの自分がどんな顔をしていたのか気になった。けれども映像を見る勇気はない。鬼のような形相でなければいいんだけど。

「別にどうでもいいよ。多分しばらくネットは見ない」

私は首を横に振って、下駄箱《げたばこ》から革靴を取り出した。

渡利が不安げに歩み寄ってきた。

「これからどうするんだ？　普通に学校に通うのか？」

「さぁ。もしかしたら転校するかも。なんだか面倒になっちゃった。誰にも会わない通信制の高校とかに転校しようかな」

もともとそれが性に合っていたのかもしれない。普通の高校生活を送ろうとして、矢萩町立高校を選んだが、結局高校生らしいことは何もできなかった。

「二人はさ、まだこの高校に通うの？」

田貫と渡利はお互いの顔を見合わせた後、控えめに頷いた。

私は微笑んだ。彼らには彼らの生き方があり、選択肢がある。特に田貫には重い運命が待ち受けている。できる限り処罰が軽くなればいいが、そう簡単にはいかないはずだ。だけど全てが全て絶望ということはない。

「ねぇ、そういえば皆の下にも堀口のゲームって届いた？」

ゲームに夢中でまだ確認を取っていなかった。

田貫と渡利は「届いたよ」と答えてくれる。田貫は多忙の合間を縫ってプレイし、今日の朝にようやくクリアしたらしい。渡利はもっと早くて一日くらいでクリアしたようだ。

どうやら私はかなり丁寧に遊んでいたらしい。

「皆には、どんなメッセージが届いていたの？」

気になって尋ねると、田貫が待っていたと言わんばかりに、鞄から一枚の印刷紙を取り出した。そこにはゲーム画面がそのままスクリーンショットされ、堀口のメッセージが印字されている。

《田貫へ。

遅くなってごめん。ようやくゲームが完成しました。先週、ファンにデバッグ作業兼遊んでもらったところ、とても好評だった。これまで築き上げた評判もあるから売れるはずだ。久米井が作ったＢＧＭも絶賛されたから、これを使えば、僕でも良い宣伝ができそうだ。

ねぇ田貫、ゲームの売り上げを受け取ってもらえないだろうか。

まだ確定とは言えないけれど、かなりの額が僕の元に入る予定だ。それをキミに譲るから、どうか田貫時枝さんのために使ってほしい。高い費用さえ払えば入所できる老人ホームもあるんだろう？

断らないでほしい。

酷い言葉かもしれないが、キミが心置きなく自首するためだ。

このゲームを作れたのは、キミのおかげでもあるんだよ。

いつの日か、晴れやかな気持ちで再会するために、ぜひ受け取ってほしい。

自首を恐れないでほしい。キミの未来のために。罪を償い、いつか自由になったキ

ミの逃げ場所は用意するから。》

彼なりの優しさと、悩んだ末の答えを感じさせる文章だった。

私はあえて拗《す》ねたように「田貫には随分と親切な内容だなぁ」と唇を尖らせてみせた。渡利も同調して「分かる。オレには普通の別れの挨拶だったよ」と漏らした。

その後、私たちは自分たちに送られてきたメッセージを照らし合わせてみた。最後の文章だけは全員一致していた。

《また皆でゲームを作れる日が来ることを願っています》

私たちはいつかのように会話を交わした。堀口が今後活躍するには、田貫の英語力が必要不可欠だということ。彼から給料をもらって、それを夢の第一歩にすればいいこと。プログラミングの勉強をしようかな、と本気で悩み始めた渡利に、お前はバスケをしろ、と笑って、改めてゲームの感想を言い合う。

「じゃあ、そろそろ行くね」と私が手を振る。「うん」「またな」と返事が届く。

彼らと別れて校門を抜けると、大きく伸びをする。

田貫たちに告げた通り、矢萩町立高校に戻る気はもうなかった。『戦う』好奇の視線に晒される、針のむしろのような生活に立ち向かう気もない。だけが人生じゃない。

狭い空間で犯人をめぐって争うより、もっと別の生き方がある。私の人生を苦しめる犯人が誰かなんて定めなくても、『逃げる』というコマンドが常にある。そこで己と向き合い続ければその日々は無駄にはならない。未来へ繋がる。

——それがキミの見つけた答えなんだよね？　堀口。

ここにはいない少年に向かって問いかける。いつか再会できる日を願いながら。

マスクを取る。前髪を払う。自然と歌声が零れていく。

引用・参考文献

『排除型社会――後期近代における犯罪・雇用・差異』
ジョック・ヤング著、青木秀男、伊藤泰郎、岸政彦、村澤真保呂翻訳
初版二刷、263頁、265頁、292頁、二〇〇七年、洛北出版
※272頁14行目から15行目、273頁1行目、2行目の『』の文は、右記より本文を引用しています。

＜初出＞

本書は書き下ろしです。

この物語はフィクションです。実在の人物・団体等とは一切関係ありません。

メディアワークス文庫

犯人《はんにん》は僕《ぼく》だけが知《し》っている

松村涼哉《まつむらりょうや》

2021年12月25日　初版発行
2024年12月15日　14版発行

発行者　山下直久
発行　株式会社**KADOKAWA**
〒102-8177　東京都千代田区富士見2-13-3
0570-002-301（ナビダイヤル）
装丁者　渡辺宏一（有限会社ニイナナニイゴオ）
印刷　株式会社KADOKAWA
製本　株式会社KADOKAWA

●お問い合わせ
https://www.kadokawa.co.jp/（「お問い合わせ」へお進みください）
※内容によっては、お答えできない場合があります。
※サポートは日本国内のみとさせていただきます。
※Japanese text only

※定価はカバーに表示してあります。

Printed in Japan
ISBN978-4-04-914170-2 C0193

メディアワークス文庫　https://mwbunko.com/

本書に対するご意見、ご感想をお寄せください。
あて先
〒102-8177　東京都千代田区富士見2-13-3
メディアワークス文庫編集部
「松村涼哉先生」係

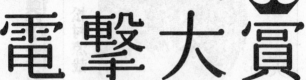